地 大地 大地 大地 大地 大地 大地 大地 大地

大 地 大 地 大 地 大 地 大 地 大 地 大 地 大 地 大

紫色姊妹花

The Color Purple

榮獲
普立茲文學獎
美國圖書獎
小說獎

Alice Walker◆著

施寄青◆譯

一本永遠重要的小說

——新聞週刊

譯序

施寄青

六年來，我譯過千萬字以上的英文，然而本書卻是我譯過最簡單，也是最難的一本書：簡單在於它的句子全是白描，毫無文彩可言；難是在於它完全以粗俗的美國南方黑人土話寫成，更以錯誤百出的拼字和文法來表示主角世蘭是個受教育不多的黑人女孩。

當一部文學作品的特色是在於它語言上的特殊腔調和風格時，那是任何譯者也無法把它忠實譯出的。因此在翻譯的王國中，信、達、雅無寧是譯者的理想國而已。

本書甫問世便招致美國學術界的謾罵，認爲它破壞了優美的英文。因此千錘百煉的優美中文，自是難以勝任地表達出它土氣十足的風格來。斟酌再三，只能以最簡單的句子翻出，以期能表現出原文的質樸來。

書中主角 Celie 的名字譯爲世蘭：一則以其音近；二則以蘭喻其心性的高潔。

儘管在翻譯的過程中有些障礙，但原著感人的力量，透過譯文，仍能強烈地震撼到讀者的內心深處。讀者可以毫無困難地感受到這顆紫色（在西方象徵高貴）的靈魂，在歷經各種憂患和屈辱後，對宇宙、對人類所產生的無盡包容和愛來。

正如史蒂芬·史匹柏（Steven spielberg）說的：「我一讀它便愛不忍釋，它能引動人最強烈的感情。這是我近年來看過最好的一本書。世蘭堅忍的成長特別的吸引我，她從一個二十世紀初年的現代奴隸，成為一個完全的完人。」

英國大文豪吉卜林說過「東是東，西是西，這兩個是永不相交的，直到地和天都並列在上帝偉大的審判寶座之前，那時既無東也無西，既無教養、疆界，也無出身之別。」地域、種族、國家、教養、文化、社會的歧異，永遠不會阻礙到人類偉大心靈的溝通。因為愛是人類一致的語言。

附註：書中主角世蘭因被繼父強暴後，對成年男人既畏且憎，所以凡是提到成年男人均以××先生或某某先生來代替，而不願稱其姓名。

作者簡介

施寄青

本書作者愛麗絲·華克（Alice Walker）同時是普立茲文學獎和美國圖書獎小說獎的得主。新聞周刊譽其爲一本「永遠重要的小說」。自一九八三年六月出版後，便雄踞美國紐約時報暢銷榜長達一年之久。後來又因大導演史蒂芬·史匹柏（Steven Spielberg）將其搬上銀幕而再度躍登暢銷榜。

華克女士在寫「紫色姊妹花」（The Color Purple）之前寫過兩本小說、四卷詩集、兩本短篇小說、一本婦女論文集；此外，她還做過雜誌主編、記者，並爲一些著名的雜誌寫文章。

她出生於美國喬治亞州的一個小鎭，有兄弟姊妹八人，母親爲人幫傭；因此她從小便操持家務，跟本書主角世蘭一樣生活得很艱苦。八歲時，被哥哥不小心弄瞎右眼，所以一直自認醜陋。由於經歷過諸種坎坷的遭遇，使她能深刻地描繪出世蘭所受到的人情冷暖。

雖然在成長的過程中，一直遭受各種不平的待遇，但她卻能以悲天憫人的情懷來看這個歧視貧窮、膚色、媸醜的世界。

她認爲「寫作不過是生活的副產品……心地狹窄的人是寫不出好作品的……。」「藝術的目的若不是讓人心更臻美善，又要藝術作什麼用？」

「我要大家把『紫色姊妹花』當成是給他們的禮物，那就是一個人可以改變他們的能力去保有，去計畫未來。」

「看了本書後，大家也許會去回想他們對各種不同的愛的感覺，以及我們在彼此之間經驗到的愛，以及宇宙之愛。」

目前，她除在加州大學教書外，並致力於介紹非洲作家；此外，更大力推展民權運動，婦女運動。她主張黑人作家的文獻應包括在「婦女研究」之中，而「黑人研究」的課程中亦不該忽略婦運的介紹。

1

你最好別告訴任何人，除了上帝之外。

這會殺死你媽的。

親愛的上帝：

我現在十四歲。我一向是個好女孩。也許祢可以給我一個指示，讓我知道我是怎麼回事。

春天，在小盧修斯生出來不久，我聽到他們在拉拉扯扯的。他摟看她。她說，太快了，洪索，我身子不大爽。最後他只好算了。又過了一個禮拜，他又摟她。她說，不行，我不想。你沒看到我都快死了，這麼多孩子。

她去麥康看她姐姐的醫生。留下我照顧其他小孩。他從未對我說過一句好話。只說你得做你媽不肯做的事。他先把他的東西頂住我屁股，往裡面鑽。然後他抓住我的乳房，然後把他的東西頂進我有毛的地方。很痛的時候，我叫起來。他便掐住我脖子說，你最好閉嘴，習慣這事。

但我從未習慣過。現在，每次該我煮飯時，我就想嘔吐。我媽媽會大驚小怪的看著我。她快樂，因爲他現在對她好。不過她病得太重，活不了多久的。

2

親愛的上帝：

我媽死了。她死時又叫又罵的。她對我叫。她罵我。我肚子大了，我走不快。等我把水從井裡拎回來時，水已經溫了。等我把盤碗擺好，菜已經冷了。等我把所有的小孩打發上學校，已經到該做晚飯的時候。他什麼話也沒說。他坐在床邊握著她的手哭，說什麼別離開他，別走。

她問我是誰的？我說是上帝的。我不認得什麼男人，也不知道說什麼好。當我開始痛時，我的肚子開始動，然後小娃娃從我有毛的地方出來。咬著拳頭，那時一根羽毛便可以把我打倒。

沒人來看我們。

她病得愈來愈重。

最後她問我小孩到哪去了？

我說上帝拿走了。

是他拿走了。他在我睡覺時拿走了。在樹林裡把他殺了。如果可以的話，他會把這個也殺掉。

3

親愛的上帝：

他表現的好像他再也受不了我了。他說我是魔鬼，老想做壞事。他把我另外一個小孩也拿走，這次是個男孩。但我想他沒殺他，我想他把他賣給在蒙地塞羅的一個人和他太太。我的奶子裡全是奶，流得到處都是。他說你為何不穿得整齊點？穿上點什麼東西。但我能穿上什麼呢？我什麼都沒有。

我希望他能找到人結婚。我看他在看我妹妹。她害怕。但我說我會照顧你。上帝會幫助我們。

4

親愛的上帝：

他從奎瑞帶了一個女孩回來。她跟我一樣大，不過他們結婚了。他一直跟她在一起。她到處走著，好像不知道是怎麼回事。我想她以爲她愛他。但他有我們這一大家子。都是要吃要喝的。

我妹妹妮蒂交了一個跟爸差不多的男朋友。他太太死了；她在從教堂回家的路上被她男朋友打死的。他有三個小孩。他是在教堂認識妮蒂的。現在每個星期天晚上××先生會來。我叫妮蒂用功唸書。去照顧不是自己的小孩不是好主意。看看媽的下場。

5

親愛的上帝：

他今天打我，因為他說我在教堂向一個男孩眨眼睛。也許我眼睛裡有什麼，但我沒眨眼。我根本不看男人。那是實話。我只看女人，因為我不怕她們。也許祢以為我媽罵我，所以我生她的氣；但我沒有。我只替媽難過。想要相信他的話才害死她的。

有時他還是會看妮蒂，但我一直護著她。我現在叫她嫁給××先生。我沒告訴她為什麼。

我說嫁給他，妮蒂，好好過一年。過完一年，我知道她會大肚子。

但我再也不會大肚子了。教堂的一個女孩說如果你每個月流血，妳會大肚子。我再也不流血了。

6

親愛的上帝：

××先生終於來求婚了。但他不讓她走。他說她太小，沒經驗。說××先生已經有太多的小孩了。何況他太太鬧醜聞，被人殺掉。他聽說還有秀格．艾芙瑞的事？那是怎麼一回事？

我問我們的新媽媽秀格．艾芙瑞的事。這是怎麼一回事？我問道。她說她不知道，但她說她會打聽出來。

她不只打聽出來。她還弄到一張照片。這是我看過的第一張眞人的照片。她說××先生從皮夾子裡拿出一些東西給爸看，這張照片滑落到桌子下面。秀格．艾芙瑞是個女人，是我看過最美麗的女人。她比我媽還漂亮。她比我要漂亮一萬倍。我看她在照片上穿著皮大衣。她的臉搽著胭脂。她的頭髮結成髮辮。她笑著，她的腳踏在人家的汽車上。不過她的眼睛很嚴肅，有點悲哀。

我要她把照片給我。我一個晚上都在看著它。現在我作夢時，我會夢到秀格．艾芙瑞。她穿得很漂亮，笑著、轉著。

7

親愛的上帝：

我求他在我們新媽媽生病時找我而不要找妮蒂。但他問我我在說什麼。我告訴他我可以照他要的打扮好。我跑進我房間去，出來後戴上假髮、羽毛，穿上一雙我們新媽媽的高跟鞋。他打我說我穿得像賤人，不過他對我做了那件事。

那天晚上××先生來了。我躺在床上哭。妮蒂她終於看出來了。我們新媽媽也看出來了。她在她房間哭。妮蒂先照顧我，又去照顧她。她太害怕了，跑到外面去吐，但她不敢到前面去，因爲那兩個男人在前面。

××先生說，先生，我希望你能改變主意。

他說，不行，我還是說不行。

××先生說，你知道，我那些可憐的小孩可以有一個娘。

他說，很慢的說，我不能把妮蒂給你。她太年輕。什麼都不知道，除了你告訴她的。何況，我要她多唸點書。要她將來當老師。不過我可以把世蘭給你。她是老大，她應該先結婚。雖然她不新鮮，不過我想你也知道。她慣壞了。大了兩次肚子。反正你也不需要一個新鮮女人。我找了一個新鮮女人，她老生病。他對著欄干外呸了一口。小孩們令她緊張，她也煮不好飯。現在已經大肚子了。

××先生沒說什麼。我停住哭因爲我太驚奇了。

她醜。他說。但她會幹粗活。她乾淨。上帝把她弄好了。你愛做什麼便做什麼，她不用你養她或買衣服給她穿。

××先生還是沒說什麼。我拿出秀格・艾芙瑞的照片。我看著她的眼睛。她的眼睛說是呀！他有時是那麼死心眼。

他說，事實上，我要趕走她。她太老了，不能住在這個家裡。她對我其他的女孩會有壞影響。她可以帶著她自己的亞麻布去。她可以帶她養的母牛過去。你就是不能要妮蒂。現在不行。絕不行。

××先生最後說話了。清清他的喉嚨。我沒有正眼看過那個，他說。

好吧！下次你來時可以看她。她醜。跟妮蒂看來一點也不像親姊妹。不過她會做個好太太。她也不聰明，我要說實話，你得看著她，否則她把你所有的東西都搞光。不過她做起事來像男人。

××先生說她多大？

他說，她將近二十歲。還有一件事——她撒謊。

8

親愛的上帝：

他花了一整個春天。從三月到六月，才決定要我。我只想到妮蒂。如果我嫁他的話，她如何來找我，他是這麼喜歡黏著她，我可以想出一個法子來讓我們兩個都跑走。我們都要妮蒂好好用功，因爲我們知道我們得聰明才跑得掉。我知道我不像妮蒂那麼聰明，但她說我不笨。

妮蒂說，你要知道是誰發現美洲的就去想黃瓜。哥倫布的名字唸起來很像邱康布（黃瓜）。我在一年級便知道哥倫布的事，但我忘了。她說哥倫布是坐叫尼特的小船到這兒來的。印地安人對他很好，他強迫他們一些人跟他回去謁見女皇。

但我一直在想嫁××先生的事，使我很難去記住這些事。

第一次我大肚子時，爸不讓我去上學，他從來不管我有多喜歡上學。妮蒂站在門口，緊緊抓住我的手。開學第一天，我穿得整整齊齊要去。爸說，你太笨，不用上學了。妮蒂在你們這群人中比較聰明。

妮蒂哭道，但是爸，世蘭也很聰明，連畢士禮小姐都這麼說。妮蒂喜歡畢士禮小姐，認爲這世界上沒人像她。

爸說，誰要聽愛迪・畢士禮說的話。她話太多，沒男人要她，所以她才只好教書。他一直低頭擦他的槍。不久，一群白人走過去。他們也有槍。

爸站起來跟他們去。那一週我都在嘔吐和烹調野味。

但妮蒂絕不放棄。後來畢士禮小姐到我們家來跟爸說。她說她教過這麼久的書，沒看過像妮蒂和我這麼想唸書的人。但等爸把我叫出來，她看到我的衣服有多緊後。她停止說話便走了。

妮蒂還不明白，我也不明白。我們都注意到我一直在嘔吐和變胖。

有時妮蒂教我唸書，我覺得很難過。她說的東西一點也進不到我的腦子，更留不住。她告訴我地面不是平的。我只說是呀！好像我知道是的。我從來沒告訴她，我覺得地看起來有多平。

××先生有一天終於來了，看來好像喝醉了。幫她做事的女人不幹了。他媽說再也不幫忙了。

他說，讓我再看她一下。

爸叫我。世蘭，他說。若無其事的樣子。××先生要看看你。

我站在門口，太陽照入我的眼睛。他還坐在他的馬上。他把我從上打量到下。

爸翻弄著他的報紙。過去呀！他不會咬人，他說。

我走到臺階前，但沒太靠近，我有點怕他的馬。

轉過身去，爸說。

我轉過身去。我的一個弟弟跑過來，我想是盧修斯。他胖胖的很好玩，嘴裡老是嚼著東西。

他說，你在做什麼？

爸說，你姊姊要結婚了。

他根本不懂，拉著我的衣服問我說他可不可以吃點冰櫃裡的黑莓醬。

我說，好的。

她對小孩很好，爸說。還在翻他的報紙。從未聽過她對他們兇過。他們要什麼就給，這是唯一的問題。

××先生說，她養的那條母牛還來嗎？

他說，那是她的母牛。

9

親愛的上帝：

我結婚的那天都在對付那個最大的男孩。他十二歲。他媽死在他懷中，他不要他爸爸再娶。他撿起一塊石頭把我的腦袋打得開花。血流到我的胸部。他爸爸說別這樣！他只說了這麼一句。他有四個小孩而不是三個；兩男兩女。女孩們的頭髮自他們母親去世後便沒梳過。我告訴他我得把她們的頭髮剃掉。重新長。他說女人頭髮剃了會倒楣。於是我把我自己的頭包紮好後便煮晚飯。他們有一個泉而不是一口井，一個像卡車似的木頭爐子——我開始只替她們把頭髮梳開。她們一個六歲，一個八歲，拼命哭。她們尖叫，說我是兇手。到了十點我做好了，她們哭著睡著了。但我沒哭。當他在我身上時，我躺在那兒想著妮蒂，不知道她是否安全，我又想到秀格·艾芙瑞。我知道他對秀格·艾芙瑞做過他正在對我做的事。也許她喜歡這樣。我用手臂摟著他。

10

親愛的上帝：

××先生在城裡的雜貨店的時候，我坐在馬車上。我看到我女兒了。我知道是她——她長的樣子就像我和我爸。一位女士牽著她，她們穿著同樣的衣服。她們經過馬車時我跟她們說話。那位女士很愉快地跟我說話，我的小女兒抬起頭來皺著眉。她有些煩躁。她的眼睛像我。我想她是我的。我的心說她是我的。但我不知道她是我的。如果她是我的，她名字叫奧莉薇。我在她的襁褓上繡了許多小星星和花。他把她抱走時，把襁褓也拿走了。她被抱走時是兩個月大，她現在六歲了。

我從馬車上下來，跟著奧莉薇和她的新媽媽到店裡去。我看著她用手摸著櫃檯，像對什麼都沒興趣的樣子。她媽媽正在買布。她說別動。奧莉薇打哈欠。

那孩子眞美，我說。幫她媽媽把一塊布拿近她面前。

她微笑。我要給我的小女孩做一些新衣服，她說。她爸爸把她當寶貝。

她爸爸是誰？我脫口而出道。好像終於有人知道了。

她說某某先生。但那不是我父親的名字。

某某先生？我說。他是誰？

她看我的樣子，像我在問不關我的事。

某某牧師，她說。然後轉過臉去對著店員。他說，你要不要買布？我們還有別的顧客在等著。

她說，要，我要五碼。

他抓起一卷布便抖開來，他沒量。當他認爲五碼時，他就撕開來。他說，一元三十分。你需要線嗎？

她說，不用。

他說，你不買線嗎？他拿起一軸線來襯在布上。這顏色很配，你看呢？

她說，是呀！

他開始吹口哨。兩塊，他找回給她兩毛五。他看著我，你要什麼嗎？我說，不用。先生。

我跟著她們走到街上。

我沒東西給她們，我覺得難過。

她看看街上。他不在這裡，她說，他不在這裡。好像要哭一樣。

誰不在？我問。

某某牧師，她說。他駕車的。

我說，我丈夫的車就在這裡。

她爬上來，多謝你，她說。我們坐在上面，看著所有進城的人。即便在教堂也沒看過這麼多人。

有些人穿得很體面，有些人沒穿什麼。女士們的衣服全是灰塵。

她問我我丈夫是誰，現在我已經知道她的。她笑了一下。我說是××先生。她說哦，好像她認得他，只是不知道他結婚了。他長得很好看，她說。這裡沒有比他更好看的，不管是白人或黑人，她說。

他是長得不錯，我說。但我沒注意。大多數時候，男人對我而言都長得很像。

你女兒有多大了？我問。

哦！快過七歲生日了。

什麼時候？我問。

她想了一下然後說，十二月。

我心想，是十一月。

我隨口問道，她叫什麼名字？

她說，哦，我們叫她寶琳。

我的心一震。

然後她皺眉說，但我叫她奧莉薇。

你爲何叫她奧莉薇，如果這不是她的名字？我問。

你看看她，她有點淘氣道，轉過去看那孩子，她的樣子不是適合叫奧莉薇嗎？看看她的眼睛。她咯咯笑道。奧莉薇，她說，拍拍孩子的頭髮。某某牧師來了，她說。我看到一輛馬車，一個大塊頭黑人握看一條馬鞭。眞謝謝你親切的招待。她又笑了，看看那些馬用尾巴趕屁股上的蒼蠅。親切，她說。我聽懂了後笑了，笑得我的臉像要裂開一樣。

××先生從店裡出來。爬上馬車。坐下來，很慢的說，你笑什麼？笑得像個傻瓜一樣。

11

親愛的上帝：

妮蒂到我這兒來。她是逃家的。她說她不願丟下我們的繼母，但她必須出來，也許可以幫助其他小的。她說，那些男孩沒關係。他不會對他們怎樣，等他們大了，他們會反擊他。

也許宰了，我說。

你跟××先生如何？她問。但她有眼睛。他還是喜歡她。晚上他到前廊時，穿著他星期日穿的出客服。她跟我一起坐在那兒剝豆子或教孩子們功課。教我認字或其他她認為我該知道的。不管發生什麼事，妮蒂一直想法子教我世界上發生的事。她也是個好老師。想到她也許會嫁像××先生這樣的人或去白人家做廚婦便令我痛心。她每天看書，練字，教我們去想事情。大多數時候我覺得太累而不想去想，但她的名字是耐心。

××先生的小孩都很聰明，不過很壞。他們說，世蘭，我要這個。世蘭，我要那個。我媽都給我們。

他什麼也不說。他們要引他注意，他躲在一團煙霧之後。

別讓他們騎到你頭上來，妮蒂說。你應該讓他們知道誰是一家之主。

他們知道，我說。

但她一直說，你要反擊。你要反擊。

但我不知道如何反擊。我只知道如何做才能保命。

你穿的衣服很美，他對妮蒂說。

她說，多謝。

那雙鞋看來很配。

她說，多謝。

你的皮膚、你的頭髮，你的牙齒。每天總有事情可以稱讚。

她起初還笑笑的，後來皺眉。後來她便不做表情，只是緊挨著我。她告訴我，你的皮膚，你的頭髮，你的牙齒。他想向她獻殷勤，她把它轉給我。我覺得她很聰明。

不久他就停止了。一天晚上他在床上說。我們已盡力幫妮蒂的忙了。她現在該走了。

她上哪？我問。

我不管，他說。

第二天早上我告訴妮蒂。她沒生氣，她很高興走，只是捨不得離開我。當她說這話時，我們摟著對方。

我捨不得丟下你跟這些混帳小孩在一起，她說。更別提××先生了。像在看你被埋葬。

我心想，比那還糟。如果我被埋葬了，我也就不用工作了。但我只說，沒關係，沒關係，只要我能拼出上帝這個字來，我總有伴的。

我只能給她一樣東西，就是某某牧師的名字。我叫她去找他太太，她也許能幫上忙。她是我看過唯一有錢的女人。

我說，寫信。

她說，什麼？

我說，寫信。

她說，沒什麼事可以把我們分開，除了死。

但她從未寫過信來。

12

上帝：

他的兩個妹妹來。她們穿得很體面。世蘭，她們說，有一件事可以確定。你把家打理得很乾淨。其中一個說，說死人的壞話是不應該的，但事實就是事實。安妮．朱里把家弄得很髒。

她根本不想嫁到這裡，另一個說。

她要上哪？我問。

她家，她說。

那不是藉口，第一個說。她的名字叫嘉莉，另一個妹妹的名字叫凱蒂。一個女人結婚後應把家裡打理得乾乾淨淨的。冬天的時候，每個孩子都感冒，拉肚子，肺炎，肚子裡生蛔蟲，發燒。肚子餓，頭髮從來不梳，他們髒得令人不敢碰。

我接觸過他們。凱蒂說。

還有煮飯。她不會煮飯。就好像從來沒看過廚房一樣。

還鬧了醜事，嘉莉說。

他也是的，凱蒂說。

你什麼意思？嘉莉說。

我是說他只是把她弄到這兒，扔下來便不管，繼續追秀格·艾芙瑞。我是這個意思。沒人可以說話，沒人上門。他一出門就好幾天，然後她開始有小孩。她年輕又漂亮。

沒那麼漂亮，嘉莉說，看著鏡子。只有那頭頭髮好看。她皮膚太黑了。

哥哥一定喜歡黑的。秀格·艾芙瑞黑得像我的鞋。

秀格·艾芙瑞，秀格·艾芙瑞，嘉莉說。她煩死人了。有人說她到處逛想要唱歌，她要唱什麼。聽說她的衣服一直開叉開到腿上，頭上掛著小珠子、穗子，看來像櫥窗裡陳列的服飾。

她們一提到秀格·艾芙瑞，我的耳朵便豎起來。我覺得我都想談談她。

我也討厭她，凱蒂說。嘆了一口氣。你說的世蘭一點也不錯。好管家，對孩子好，好廚子。哥哥再也找不到更好的了。

我想到他如何地想找更好的。

這次凱蒂一個人來。她也許有二十五歲了。老處女。她看來比我年輕。健康。眼睛明亮。嘴巴厲害。

她對××先生說，給世蘭買些衣服。

她需要衣服嗎？他問。

你看看她。

他看看我，像在看地上。她需要什麼嗎？他的眼睛說。

她陪我去店裡。我想秀格·艾芙瑞會穿什麼顏色。她對我來說像一個皇后。於是我對凱蒂說，買點紫色的，紫色帶點紅色。但我們找了又找，沒找到紫色。不少紅色。但她說，不行，他不喜歡紅色。我們只好在棕色、栗色或海軍藍中間選。我說藍色。

我記不得我什麼時候有過自己的衣服。現在有一件是爲我自己做的衣服。我想告訴凱蒂我內心的感受。我的臉發紅，結結巴巴著。

她說，沒關係，世蘭，這是應該的，還應該給你更多。

也許。我想。

哈波，她說。哈波是最大的男孩。哈波，你不能讓世蘭去提水。你現在是大男孩了，你該幫點忙了。

女人家的事，他說。

什麼？她說。

女人的工作。我是男人。

你是個低賤的黑鬼，她說，你拿桶去汲水。

他狠狠瞪我一眼。咕噥著。我聽他去跟坐在前廊的××先生嘀咕一陣子。××先生把他妹妹叫去。她跟他談了一會，然後回來，氣得發抖。

世蘭，我得走了，她說。

她在整行李時，氣得直掉眼淚。

世蘭、你得反抗他們，她說。我幫不了你的忙。你自己得反抗他們。

我一句話也沒說。我想到妮蒂，死了。她反抗，她跑掉。有什麼好？我不反抗，我乖乖地。但我活下來了。

13

親愛的上帝：

哈波問他爸爸爲何打我。××先生說，因爲她是我太太。此外，她倔強。所有的女人——他沒說完。他把他的下巴埋在報紙裡。使我想起了爸。

哈波問我，爲何這麼倔強？他沒問我你怎麼會做他太太？沒人問過。

我說，天生吧！我想。

他打我像打小孩一樣。除了他並不是眞打他們。他說，世蘭，拿皮帶來。孩子們躲在屋外，從罅隙裡偷看。我只能做到不哭。把自己當成木頭，我對自己說，世蘭，你是一棵樹。

哈波說，我愛上一個人了。

我說，啊？

他說，一個女孩。

我說，眞的？

他說，是呀！我們計畫結婚。

結婚，我說。你還不夠大到可以結婚。

我十七了，他說。她十五，夠大了。

她叫什麼名字？我問。

還沒跟她媽媽說過。

她爸爸怎麼說？

也沒跟他說過。

她怎麼說？

我們沒談過。他一甩頭，他長得不難看，高瘦，黑得像他媽，大大的眼睛。

你們在哪見面？我問。我在教堂見她，他說。她在外面見我。

她喜歡你？

我不知道。我對她眨眼。她好像很怕看我的樣子。

你對他眨眼時，她爸爸在哪？

在唸阿門，他說。

14

親愛的上帝：

秀格·艾芙瑞到城裡來了！她跟她的樂隊來。她要在考門路的幸運之星演唱。××先生要去聽她唱。他在鏡子前面打扮，看著自己，脫了又穿，穿了又脫。他用髮油把頭髮梳得油光油光的，然後又洗掉。他在鞋子上吐口水，用破布很快地擦著。

他叫我，洗這個，燙那個。找這個，找那個。拿這個，拿那個。他看到襪子破洞便唉聲嘆氣起來。

我又是洗，又是燙，找手帕。怎麼了？我問。

你什麼意思？他像生氣的說。只是要去掉一點我的鄉巴佬味道。其他女人會高興。

我很高興，我說。

你什麼意思？他問。

你看來很好，我說。任何女人都會覺得驕傲。

你這麼認爲嗎？他說。

這是他第一次問。我很訝異，等到我說是時，他已走到前廊去刮鬍子，那兒比較亮點。

我整天走著，海報都快把我的口袋弄破了。海報是粉紅色的。我們家路旁的樹上、還有小店都因爲張貼著她的海報而生動起來。他車箱裡放了約六十張。

秀格．艾芙瑞站在一架鋼琴旁，上半身靠著鋼琴，一手叉腰。打扮得像印地安酋長。她的嘴張開，牙齒全露出來，似乎沒什麼想不通的事。來呀！大家都來呀！她說。蜂后回來了。

天哪！我眞想去，不爲跳舞，不爲喝酒。也不爲玩牌，甚至不是去聽秀格．艾芙瑞唱歌，只要看她一眼便謝天謝地了。

15

親愛的上帝：

××先生去了星期六、星期天兩個晚上，星期一整天。秀格．艾芙瑞在城裡停留一個週末。他搖搖晃晃的回來，一頭栽在床上。他累了。他難過。他脆弱。他哭了。然後昏天黑地的一直睡覺。

他醒來時我在田裡。等他來時，我已經砍了三小時棉花。我們彼此什麼話也沒說。

但我有一千一萬個問題要問。她穿什麼衣服？她還是老樣子嗎？像我那張照片上的嗎？她的頭髮如何？什麼樣的口紅？她豐滿嗎？戴假髮？她瘦嗎？她唱得好嗎？累了？病了？她到處演唱時你們的小孩在哪？她想他們嗎？問題在我的腦中翻滾著。像無數條蛇。我拼命壓制住，咬著下唇。

××先生拿起鋤頭來，開始鋤地，鋤了三下便不鋤了，他扔下鋤頭便轉身走了，走回屋子。我去給他弄了一杯冷水，拿過他的煙斗來，他坐在前廊上看著。我跟過去，我以爲他病了。他只說，你回到田裡去，不必等我。

16

親愛的上帝：

哈波在對付他父親上不會比我更行。每天他爸爸起來後，便坐在走廊上，視而不見地望著。有時看著屋前的樹。有時看著欄干上的蝴蝶。白天喝一點水。晚上喝一點酒，大多數時候一動也不動。

哈波抱怨他得犁田。

他爸爸說，你得做。

哈波幾乎跟他爸一樣高了。他身子強壯，意志不強。他怕他爸。

他和我整天在田裡。汗流浹背，鋤著，犁著。我曬得跟咖啡豆一樣。他黑得跟煙囪裡面一樣。他的目光是悲哀的和若有所思的。他的臉開始像女人的臉。

你爲何不再工作了？他問他的爸爸。

沒有原因，他爸爸說。你在這兒不是嗎？他發脾氣道。哈波覺得很不是滋味。

何況，他還在戀愛。

17

親愛的上帝：

哈波女朋友的爸爸說哈波配不上她。哈波跟這女孩已經約會有一陣子了。他說他和她一起坐在客廳裡。她爸爸就坐在角落裡，直到讓每個人都害怕爲止。然後他又去坐在前廊，把門打開，什麼話都聽得一清二楚的。九點到了，他會把哈波的帽子遞給他。

爲何我不配？他問某某先生。某某先生說，你媽。

哈波說，我媽怎麼啦？

某某先生說，有人殺了她。

哈波做惡夢。他看到他媽媽跑過草地，想要跑回家。那個別人說是她男朋友的某某先生？抓住她。她拉著哈波的手。他們一起跑呀跑的。他抓住她肩膀說，你現在休想離開我。你是我的。她說，不，我不是，我有小孩。他說，婊子，你沒家。他一鎗打中她肚子。她倒下去。那人跑了。哈波扶起她來，把她的頭放在膝上。

他開始叫，媽媽，媽媽。把我給叫醒，把其他小孩也叫醒，他們哭得像他們媽媽才死了一樣。哈波醒來，發抖。

我點亮燈，走過去，拍拍他的背。

別人殺了她不是她的錯，他說。不是！不是！

不是，我說，不是。

每個人都說我對××先生的孩子有多好。我對他們是好，但我對他們沒感覺，拍哈波的背甚至不像在拍一條狗，像在拍一塊木頭。還不是一棵活的樹，只像是一張桌子，一個衣櫃。總之，他們也不愛我，不管我有多好。

他們不管，除了哈波外，他們也不做事。女孩們總是看著路上。巴勃每天晚上出去，跟比他年紀大兩倍的男孩子們廝混。他們爸爸只管抽著煙斗。

哈波現在告訴我他的戀愛了。他每天想著蘇菲亞‧巴特勒。

她漂亮，他告訴我。活潑。

聰明嗎？

不聰明，只是小聰明。我想，她也算聰明。有時我們可以避開她爸爸。

接下來我便聽說她大肚子了。

如果她聰明的話。怎麼會大肚子的？我問。

哈波聳聳肩。她沒辦法離開她家，他說。某某先生不讓我們結婚。說我不配坐他家客廳。但是她大肚子了，我就可以跟她在一起，不管配不配了。

你們要住哪？

他們家地方大，他說，我們結婚後，我就成她家的人了。

嗯，我說。某某先生在她大肚子以前不喜歡你，他現在也不會喜歡你，因爲她大肚子了。

哈波有些爲難。

跟××先生說，他是你爸爸，也許他可以出點主意。

也許不會，我心想。

哈波帶她來看他爸爸。××先生說他要看看她。我看到他們走過來，手拉手，像在行軍一樣，好像要去打仗一樣。她稍前一點。他們走上前廊，我招呼他們，把椅子移近欄干。她坐下來，開始用手帕扇著。眞熱，她說。××先生沒說話。他只把她從上打量到下。她有七、八個月的身孕。肚子快要撐破衣服。哈波認爲她活潑，但她並不是那麼活潑。不算太黑的皮膚，亮得像好家具。打結的頭髮，梳成許多辮子。她不像哈波那麼高，卻比他壯多了，健壯，臉紅彤彤的，像是她媽用豬肉把她養大的。

她說，××先生，你好。

他沒回答這話，他說，看來你有麻煩了。

沒有，她說，我沒麻煩，只是大肚子而已。

她用手掌撫平她肚子上的衣服。

誰是孩子的爸爸？他問。

她很訝異。哈波，她說。

他怎麼知道是他的？

他知道，她說。

這年頭的年輕女人不像話，隨便張腿，哪個男人上都行。他說。

哈波看著他父親，好像他從來沒看過他一樣。但他沒說什麼。

××先生說，別以爲我會讓我兒子娶你，只因爲你大肚子了。他年輕，還沒能力。像你這樣漂亮的女孩有很多願意嫁他，還帶很多嫁妝來。

哈波還是沒說話。

蘇菲亞的臉更紅了。一直紅到額頭上。她的耳朵豎起。

但她大笑。她看一眼坐在那兒的哈波，頭垂著，兩手放在兩膝之間。

她說，我爲何要嫁哈波？他還跟你住在一起。他的衣、食都由你供應的。

他說，你爸爸會把你扔出來，我看你得住街上了。

她說，不會的，我不會住街上。我跟我姊姊、姊夫住。他們說我可以跟他們住一輩子。她站起來，又粗又壯，一個健康的女孩。她說，幸會，我要回家了。

哈波站起來要跟著去。她說，不，哈波，你待在這裡。等你自由了，我跟孩子會等你。

他遲疑一會，又坐下來。我看到她臉上很快掠過一絲陰影。然後她對我說，××太太在我走之前，麻煩你給我一杯水喝好嗎？

水桶就放在走廊上。我從碗櫥裡拿了一個乾淨的杯子，給她舀了一些水。她一口氣喝下去。然後用手拍拍肚子便走了，像一支軍隊改變方向，快步走著，以免被追上。

哈波一直沒站起來。他和他爸爸一直坐在那兒。他們沒說話也沒動。我吃過晚飯後上床去了。早上我起來時，以為他們還坐在那裡。不過哈波在屋外，××先生正在刮鬍子。

18

親愛的上帝：

哈波去把蘇菲亞和小孩接回家來。他們在蘇菲亞姊姊家結婚。姊夫做哈波的儐相。另一個妹妹從家裡溜出來，替蘇菲亞當女儐相。聽說孩子在行禮時一直哭，她媽媽只好停下來餵她。最後說「我願意」時，懷中抱著一個奶娃娃。

哈波在小溪邊給自己和他的家人安頓了一個家。那是××先生父親過去用來放工具的棚子。不過還很結實。現在有窗子、有前廊、後門，由於位在溪邊，很涼快，很多樹。

他要我替他做一些窗簾。我用麵粉袋做。不大，卻很實用。房中放一張床，一個化粧臺，一面鏡子和一些椅子。有灶煮飯和取暖。哈波爸爸現在給他工資了。他說哈波工作不賣力，給他一點錢會增加他的興趣。

哈波以前告訴我，世蘭小姐，我要罷工。

爲什麼？

我不做了。

他不做。他到田裡，拔兩斤玉米，卻讓鳥和象鼻蟲吃了兩百斤。結果今年我們沒什麼收穫。

現在，蘇菲亞來了，他一直忙著。他鋤地，犁田。唱歌，吹口哨。

蘇菲亞現在只有她以前一半的塊頭，不過她還是一個健壯的女孩。肌肉結實，腿也結實。她背著孩子好像沒背東西似的。她很賣力工作，給你一種感覺她一直在那兒，很穩固，好像她要是在什麼東西上坐下來，就會把它壓碎的樣子。

她告訴哈波，抱著孩子，她跟我回家去找線。她在縫床單。他抱過孩子來，吻吻他，把他放在下巴下。笑著，抬頭看坐在走廊上的他爸爸。

××先生噴著煙，俯視他，說，我現在看到她如何管住你了。

19

親愛的上帝：

哈波要知道如何制服蘇菲亞。他跟××先生坐在走廊上。他說，我叫她做這件事，她做另一件。從來不做我叫她做的事，每次都跟我頂嘴。

說老實話，我覺得他說這話時有點得意。

××先生沒說什麼，繼續抽煙。

我跟她說，她不能老去看她姊姊。你們現在結婚了。你的家在這兒，孩子在這兒。她說，我會帶孩子去。我說，你該待在家裡跟我在一起。她說，你要去嗎？她每次在鏡子前面打扮，同時給小孩們穿戴出門。

你打過她嗎？××先生問。

哈波低頭看了他的手。沒有，他低聲說，很尷尬。

那你怎能制服她？太太跟小孩一樣，你得讓他們知道誰是一家之主。最好的辦法便是痛打一頓。

他吸著他的煙斗。

蘇菲亞太愛自作主張，他說，她需要修理一下。

我喜歡蘇菲亞，但她不像我。××先生和哈波進來時，如果她在說話，她就繼續說。如果他們問她什麼東西在哪？她說她不知道，繼續說她的話。

當哈波問我如何管住她時我想到這點。我沒提到她現在有多快樂。三年過去了，她仍吹著口哨和唱歌。我想到每次××先生叫我我急忙答應時，她訝異的樣子，好像很同情我似的。

打她。我說。

下次我們看到哈波時，他臉上全是瘀傷，嘴唇破了。一隻眼睛腫得像拳頭。他走路僵硬，說他牙齒痛。

我說，哈波，怎麼啦？

他說，哦，我和那頭騾子。她脾氣不好，你知道。昨天她在田裡瘋了，等我把她弄回家，我已經被她打慘了。後來我回家時，又一頭撞上門框，撞腫了眼睛，刮壞了下巴。昨晚暴風起時，一扇窗子砸到我頭上。

我說，看來你是休想管住她了。

是呀！他說。

但他繼續試。

20

親愛的上帝：

正當我要大聲叫我來了時。我聽到有東西砸碎的聲音。聲音是來自屋內的，於是我跑到前廊去。兩個小孩正在溪邊玩泥巴，他們連頭也不抬。

我小心地打開門，以爲是強盜和小偷。結果是哈波和蘇菲亞。他們打起架來像兩個男人一樣。屋裡每樣家具都掀翻過來，每個碟子都碎了，鏡子也歪了，窗簾破了，床也拉出來。他們不管，拚命打著。他想打她巴掌，她順手拿起灶上的一根木柴朝他眼睛打過去。他一拳打在她肚子上，她彎下腰來呻吟，但立刻用雙手揣住他的命根子，他滾在地上。他抓住她的衣襬，她站在那兒任由衣服撕破，眼睛眨也不眨。他跳起來給她下巴一拳，她給他來個過肩摔，他一頭栽在灶上。

我不知道這樣還要繼續多久。我不知道他們要怎麼收場。我悄悄退出去，跟溪邊的孩子招招手，走回家去。

星期六一大早，我們聽到馬車聲，哈波、蘇菲亞、兩個小孩去蘇菲亞姊姊家度週末。

21

親愛的上帝：

這一個月來我睡不著覺。我一直到很晚才睡。××先生開始抱怨煤油錢太貴，我洗個溫水澡，喝些牛奶和瀉鹽，然後灑一些小榛子在我的枕頭上，用窗簾把所有的月光遮住。有時我會睡上一、兩小時，就在我以爲會安睡的時候，又醒來了。

起初我會很快起來喝點牛奶。後來我想到算籬笆的柱子。再後我又想到看聖經。

怎麼一回事？我問自己。

一個小聲音說，你做錯事了，你虧欠了人。

一天晚上，我想到了，是蘇菲亞，我虧欠了她。

我希望她沒發現，但她發現了。

哈波告訴了她。

她一聽到便跑來尋釁，背上扛了一個袋子，眼睛下全是紅的、藍的傷。

她說我要你知道我是來找你幫忙的。

我不是一直很幫忙嗎？我問。

她打開她的袋子。這是你的窗簾，她說，你的線。還有一塊錢算是你給我用它們的代價。

這是你的，我說，把它們推還給她。我很高興幫忙，只要我能幫上忙。

你叫哈波打我，她說。

沒有，我沒有，我說。

別騙人，她說。

我不是這個意思，我說。

那你爲何這麼說？她問。

她站在那兒看著我，她看來很累，氣鼓鼓的。

我這麼說因爲我是傻瓜，我說。我這麼說因爲我嫉妒你。我這麼說因爲我沒辦法像你。

像什麼？她說。

打架，我說。

她站了很久，我說的話像是把她的氣打消了。她開始時是生氣，現在是悲傷。

她說，我一生都必須打架。我得跟我爸爸打。我得跟我的兄弟們打。我得跟我的堂兄弟和叔伯們打。一個女孩處在全是男人的家庭中是不安全的。但我沒料到在我自己的家裡還要打。她嘆了一口氣。我愛哈波，她說。上帝知道。但我會在他打敗我之前把他宰了。如果你要一個死繼子，你就勸他打我好了。她兩手插腰。我一向是用弓箭打獵的。

當我看到她走過來時便有點發抖，現在我不發抖了。我說，我感到很慚愧，上帝已經處罰我了。

上帝不喜歡醜陋的，她說。

祂也不偏愛漂亮的。

這使我們的話題爲之一轉。

我說，你爲我難過是嗎？

她想了一會說。是的，她慢慢的說。

我想我知道是怎麼回事，但我還是問她爲什麼。

她說，說實話，你使我想起我媽。她在我爸爸的大拇指下。現在，她在我爸爸的腳下。他說什麼她都聽，從不回嘴。她從來沒替自己爭過什麼，有時想替孩子們說幾句話，立刻又被打回去。她愈幫我們忙，他愈跟她過不去。他恨小孩，他恨小孩來的地方，你不知道他有多少小孩。

我對她家一無所知。我看著她，她家的人是天不怕地不怕的。

他有多少小孩？我問。

十二個。她說。

哇！我說。我爸爸在我媽死前有六個，我說。他現在的太太又生了四個。我沒提他讓我生兩個的事。

多少女孩？她問。

五個，我說。你家呢？

六男六女。每個女孩都像我一樣壯。男孩也強壯，但女孩團結在一起。有時，兩個弟弟也站在我們這邊。我們經常打，打起架來很壯觀。

我沒打過一個活的東西，我說。哦，我在家時，有時會拍拍小的屁股，要他們乖點，但是不痛的。

你生氣時做什麼？她問。

我想了一會，我記不起我上次生氣是在什麼時候了。我說，我以前很氣我媽，因爲她讓我做很多事。後來我看到她病得那麼厲害，我再也不能對她生氣了。我也不能對我爸爸生氣，因爲他是我爸爸。聖經說，不管如何要孝順父母。自此後，我每次生氣或覺得要生氣，我就噁心。好像要吐出來一樣。很可怕的感覺，後來我就沒什麼感覺了。

蘇菲亞皺眉。完全沒有？

有時侯××先生打我打得很厲害的時候，我會跟上帝訴苦。但他是我丈夫。我聳聳肩。這一生很快會過去了，我說。天堂才是最後的去處。

你應該把××先生的腦袋打開花，她說。以後再去想天堂。

我生活中沒多少樂趣。這話很好笑。我大笑。她也大笑。兩人笑得太厲害，結果滾下臺階。

她說，我們把這些破窗簾拼成百衲被，我去拿我的花樣本來。

我現在睡得像嬰兒一樣。

22

親愛的上帝：

秀格．艾芙瑞病了，城裡沒人要收容蜂后。她媽媽說早告訴過她。她爸爸說，賤人。教堂有個女人說她快死了，也許是生一種女人的髒病。什麼？我想問，但沒問。教堂的女人有時對我很好，有時不好。他們看著我和××先生的孩子們奮鬥。想把他們拉到教堂來，等我們到了後，又要讓他們安靜下來。他們中有些人在我兩次大肚子時看到過我。有時他們以爲我沒注意，他們只是困惑地看著我。

我儘量把頭抬得高高的。我替牧師服務。清潔地板、洗窗子、釀酒、洗聖壇的布。冬天時給壁爐添足夠的木柴。他叫我世蘭姐妹。世蘭姐妹，他說，你是忠心耿耿的。然後他跟其他女人和她們的男人說話。我忙著做這做那。××先生只是坐在門後看這看那。那些女人一逮著機會便跟他笑。他從來不看我，甚至沒注意到我。

牧師甚至也提到秀格．艾芙瑞的情況。他沒說出她的名字，但他用不著說。大家都知道他指的是誰。他說到一個妓女，穿著短裙，抽煙，喝琴酒。爲錢唱歌，跟其他女人的丈夫說話。說她是妓女、小牝牛，掃街的、輕佻的女人。

當他說這話時，我看了××先生一眼。我心想，有人應起來爲秀格說話。但他沒說什麼，只是把這條腿擱在那條腿上。他看著窗外。

我們一回到家裡，他衣服也沒換。便去哈波和蘇菲亞家，哈波跑過來。

套車，他說。

我們上哪？哈波說。

套車，他又說。

哈波套車。他們站在穀倉旁說了一會話。然後××先生走了。

他在家不做事有件好處，那就是他走了我們也不想他。

五天後，我往路上張望，看見馬車回來。現在已變成一輛篷車。上面罩了一些舊毯子。我的心開始砰砰地跳著，我想做的第一件事便是換衣服。

不過已經來不及換了。等我梳好我的頭，把舊衣服理好，我看到車子已經開到院子裡。穿一件新衣服也無濟於改善我的蓬頭和灰塵滿佈的破頭巾，還有我每天穿的舊鞋子，以及我身上的味道。

我不知道該怎麼做，手足無措的站在廚房中間。腦子轉著。

世蘭。我聽到××先生叫。哈波。

我低著頭把手放在我的舊衣服後面。盡可能把臉上的汗和灰塵擦掉。我來到門口。什麼事？先生，我問，走到我因看到馬車來而放下掃帚的地方。

哈波和蘇菲亞現在在院子中，看著馬車裡面。他們的臉色沉重。

這是誰？哈波問。

這女人本來該是你媽的，他說。

秀格·艾芙瑞？哈波問。他抬頭看我。

幫我把她抬進屋內，××先生說。

當我看到她的腳伸出來時，我覺得我的心要跳出口中。

她沒躺著。她挾在哈波和××先生之間爬下車來。她穿的衣服美極了。一身紅色的羊毛衣服，胸前掛著一串串黑珠子。

一頂閃閃發亮的黑帽子，上面綴著看來像小鷹的羽毛，垂下來，遮住了一邊的臉頰，她拎著一個小的蛇皮皮包，跟她的鞋子很配。

她打扮得這麼時髦，生長在屋子四周的樹好像都拉長了它們的身子，好看得更清楚點。她挾在兩個男人之間搖搖晃晃的。她的腳似乎不聽使喚了。

近看，我看到她臉上搽著黃色的粉，紅色的胭脂。她看來好像在這個世界待不久的樣子，打扮好了是爲了來生。

進來吧！我想哭。想喊道！進來吧！有上帝的幫助，世蘭會把你侍候得好好的。但我什麼也沒說，這不是我的屋子。何況也沒人告訴我什麼。

他們走到的一半臺階，××先生抬頭看我。世蘭，他說，這是秀格·艾芙瑞。我們家的老朋友。把多餘的房間整理出來。然後他又低頭看她，用一隻手臂摟住她，另一隻手扶著欄干。哈波扶住另一邊，表情悲哀。蘇菲亞和孩子們站在院子裡看著。

我沒立刻動作，因爲我動不了，我要看她的眼睛。我覺得我要看到她的眼睛，我的腳才能拔起來。

快去，他厲聲道。

然後她抬起頭來。

粉下的臉跟哈波一樣黑。她有一個長鼻子，大而多肉的嘴，嘴唇像黑色的李子。大眼睛，亮晶晶，發著燒。儘管她病成這樣子，如果有條蛇爬過她前面，她會宰了牠。

她把我從頭打量到腳，然後她咯咯笑起來。像是一種死亡的嘎嘎聲，你確實很醜，她說，好像她不相信一樣。

23

親愛的上帝：

秀格・艾芙瑞沒什麼不對勁。她只是病了，比我所看過的任何人都病得厲害。她比我媽死時還病得厲害。但她比我媽要兇悍，這是使她活下去的原因。

××先生整天整晚在她房間陪她。不過他沒握著她的手，因爲她太兇了。放開我他媽的手，她對××先生說。你怎麼啦，你瘋了嗎？我不要一個軟弱的小男孩，不敢對他爸爸說不而要我。我要一個男人，她說，一個男人。她看著他，眼珠子一滾大笑。這簡直不算是笑，卻使他生得離床遠點，他坐在離燈不遠的角落。有時她晚上醒來，甚至看不見他，但他還是坐在暗處，嚼著他的煙斗。不過煙斗裡沒有煙草。她說的第一件事便是我不要聞那個臭煙斗的味道，你聽見沒有？亞伯特。

我心想，誰是亞伯特？然後我想起了亞伯特是××先生的名字。

××先生不抽煙，不喝酒。甚至不吃。他只是坐在小房間陪她，注意她的每個呼吸。

她怎麼啦？我問。

你不要她在這兒就直說好了，他說。但如果你覺得……他沒說完。

我要她在這兒，我說得太急了，他看著我，好像我在打什麼壞主意。

我只是要知道是怎麼回事，我說。

我看著他的臉，臉上滿是疲倦和哀傷，我注意到他下巴都瘦削下去，沒多少下巴了。我想，我的下巴胖多了。他的衣服很髒。當他脫下來時，揚起了灰塵。

沒人爲秀格爭，他說，眼中有了一點水。

24

親愛的上帝：

他們一起生過三個小孩，但他卻拘謹得不敢給她洗澡。也許他想這不是他該做的事。但我呢？這是我第一次看到秀格．艾芙瑞長長的黑色的身子，像黑李子似的乳頭，看著她的嘴，我眞想變成男人。

你在看什麼？她問。憎恨的樣子。她軟弱得像隻小貓。但她的嘴還是很利。你沒看過光身子的女人？

沒有，我說。我從未看過。除了蘇菲亞，她是這麼豐滿、健壯，像我妹妹一樣。

她說，那麼好好看看。即使我現在已成皮包骨了。她很兇的一手插腰的瞪著我。然後在我替她洗澡時，她吸著她的牙齒，翻起眼珠子看天花板。

我洗著她的身子像在禱告一樣。我的手發抖，我的呼吸急促。

她說，你有小孩嗎？

我說，有，夫人。

她說，我叫過你多少次別喊夫人了，我沒那麼老。

我說，兩個。

她問我，他們在哪？

我說，我不知道。

她好玩地看著我。

我的小孩跟他們的祖母在一起，她說。她可以收容孩子，我得走。

你想他們嗎？我問。

不想，她說。我什麼也不想。

25

親愛的上帝：

我問秀格．艾芙瑞她早餐要吃什麼。她說，你有什麼？我說火腿、麥片、蛋、麵包、咖啡、甜牛奶或白脫牛奶、煎餅和果醬。

她說，就這些？那麼桔子水呢？葡萄柚、草莓和奶油、茶，然後她大笑。

我不要你那些該死的吃的，她說，只要一杯濃濃的咖啡，把我的香煙遞給我。

我沒爭論。我給她咖啡，替她點香煙。她穿了一件白色的長袍，她細瘦的黑手伸出來挾著白色的香煙，樣子很稱。她手上有些青筋，我故意不去看大的青筋，因爲令我害怕。我覺得有股力量把我推向前，如果我不注意，我會拉起她的手，用我的嘴來舔她的手指。

我可以坐在這兒跟你一起吃嗎？我問。

她聳聳肩。她正忙著看一本雜誌，白種女人在上面笑，用一根手指拉著她們的珠子項鍊，在汽車頂上跳舞。跳進水池中。她一頁頁翻著，似乎不滿意。使我想起一個拿到玩具卻發現它不能玩的小孩。

她喝她的咖啡，抽她的香煙。我咬了一大口多汁的自家做的火腿。煮的時候，一哩外都聞得到香味，她的小房間內毫無疑問的瀰漫著火腿的味道。

我把黃油塗在熱熱的麵包上，我用麵包沾著火腿上的汁，把麥片灑在蛋上。

她拼命地抽煙。低頭看著咖啡，好像杯底有什麼東西。

最後她說，世蘭，我想喝一杯水，床旁放的水不新鮮。

她遞過杯子來。

我把我的盤子放在床旁的小桌上，給她舀水去。我回來後，拿起我的盤子，麵包像被小老鼠咬過似的，火腿也被大老鼠咬過。

她表現得若無其事。開始抱怨她累了，打起盹來，不久便睡著了。

××先生問我怎麼有辦法讓她吃東西。

我說，沒人能受得了只聞火腿的味道而不想嚐嚐看。就是快死了也要嚐一口。

××先生大笑。

我注意到他眼中有些狂亂。

我很害怕，他說。害怕。他用手遮住眼睛。

26

親愛的上帝：

秀格．艾芙瑞今天坐起來一會。我替她洗頭梳頭。她的頭髮是我看過最短的，打結最厲害的，最綣毛的。我每一綹都愛。梳子上的頭髮我都保留下來。也許有一天我會織個網子，把頭髮收集起來做個假髮髻給自己戴。

我替她打扮，把她當成洋娃娃或是奧莉薇或是媽媽。我梳了又梳。起初她說快點梳，後來她緩和下來，靠在我膝上。她說，這樣很舒服。她伸手去拿另一根香煙，開始哼了起來。

這是什麼歌？我問。那種聲音對我而言好像是骯髒的，像是牧師說的淫聲，聽了會有罪的，更別提是唱了。

她哼得更多，有些是我想起來的，有些是我自己做的。她說。有些是你幫我做出來的。

27

親愛的上帝：

今晚××先生的爸爸來了。他是一個膽小畏縮的人，禿頭，戴著金邊眼鏡。他拼命清喉嚨，好像他要說的每件事都是一個宣言。他說話時頭歪一邊。

他開門見山的道出來意。

你非把她弄到你家裡來才肯罷休是嗎？他說，走上臺階。

××先生沒說什麼，眼睛望過樹頂，停留在哈波和蘇菲亞屋子。

你不坐嗎？我問，推給他一張椅子。要來一杯冷水嗎？

隔著窗子，我聽到秀格哼啊哼的，練習她的歌。我溜回她房間，把窗子關上。

老××先生對××先生說，這個秀格·艾芙瑞是怎麼一回事？他說。黑得像焦炭，蓬亂的頭，兩條腿像棒球棒。××先生沒說話。我放下給老××先生的水。

爲什麼？老××先生說，她甚至不乾淨。我聽說她生了骯髒的女人病。

我扭著我的指頭。我並不覺得生氣，只是感到有趣。

××先生慢慢轉過頭來，看著他爸爸喝水。然後很悲哀的說，你到現在還不明白，我愛秀格·艾芙瑞。我一直愛她。我當時該娶她的。

是啊！老××先生說，然後賠上你的一生。（××先生聽到這裡咕噥一聲。）揮霍掉我的錢。甚至沒人知道她爸爸是誰。

我才不在乎她爸爸是誰，××先生說。

她媽媽到今天還撿白人的髒衣服。她所有的小孩都是不同的爸爸生的，亂七八糟的。

××先生把臉轉向他爸爸。秀格．艾芙瑞的小孩都是同一個爸爸，就是我。

老××先生清清喉嚨。這是我的家，我的地。你兒子哈波住的也是我的屋子，在我的地上。野草長到我地上，我要除掉。垃圾倒在上面，我要燒掉。他站起來要走，把杯子遞給我。下次他來時，我會放一點秀格．艾芙瑞的小便在他杯子裡，看他會怎麼樣？

世蘭，他說。我同情你，沒有女人會讓她們丈夫的婊子住進她們家的。

但他不是對我說，是對××先生說。

××先生抬頭看著我，我們四目相遇，這是我們感覺最近的一次。

他說，世蘭，把爸爸的帽子遞給他。

我遞過去。××先生沒從他靠近橫杆邊的椅子中站起來。我站在門口，我們看著老××先生鼻子哼著走下臺階回家去。

第二個來的是他弟弟杜比斯，他又高又胖，看來像頭大棕熊。××先生跟他爸爸一樣矮小，他弟弟比他高。

她在哪？他問，笑著。蜂后在哪？我帶一點東西給她，他說。他在欄杆上放下一小盒巧克力糖。

她正在睡覺，我說，昨晚沒睡好。

亞伯特，你如何？他說。拖過一張椅子來。他用手摸著他腦背光滑的頭髮，掏掏鼻子看是否鑽進一條蟲子。他用手擦著褲子，拉平上面的皺褶。

我才聽說秀格·艾芙瑞在這兒，他說，你把她弄來多久了。

哦，兩個月了，××先生說。

去你的，杜比斯說，我聽說她快死了。外面傳的事是你聽了都不敢相信的。他摸著他的髭，用舌頭舔了舔嘴角。

世蘭小姐，你知道什麼？他說。

不多，我說。

我和蘇菲亞正在縫另一條百衲被。我有五塊正方形的布，攤在靠我膝蓋旁邊的桌子上。地板的針線籃中都是布塊。

一直忙、忙、忙，他說。我希望瑪格麗特像你，可以省我好多錢。

杜比斯和他爸爸老是談錢，好像他們仍然賺得很多。老××先生賣掉不少地，所以他除了房子和田以外，沒剩下什麼。我和哈波的田生產的東西比任何人都多。

我把我的方塊排起來，看著布的顏色。

我聽到杜比斯的椅子往後推，他說，秀格。

秀格半病半好的。大多數時候，她給我和××先生看她好的一面。今天儘管她很不舒服，她還是微笑著，像一把打開的刮鬍刀。她說，好哇！好哇！今天看看是誰來了。

她穿了一件我替她做的小花睡衣，此外什麼也沒穿。她的頭髮都梳上來時，看來只有十歲，瘦得像顆豆似，她的臉上眼睛占了大部分。

我和××先生抬頭看她，兩人一起站起來扶她坐下。她沒看他，拉了一張椅子，在我身邊坐下。

她從籃子裡隨便拿出一塊布來，拿到亮處，皺眉，你怎麼縫這種該死的玩意？她說。

我遞給她我正在縫的布塊，又去縫另一塊。她縫的針腳歪歪扭扭的，讓我想起了她哼的歌也是有點歪歪扭扭的。

你第一次試就縫得很好，我說。很好，很美。她看著我，嗤之以鼻。我做的每件事在你看來都很好很美，世蘭小姐，她說，那是因爲你沒有好的感覺，她大笑，我偏過頭去。

她比瑪格麗特強多了，杜比斯說。瑪格麗特拿起針來會把你的鼻孔縫在一起。

女人不全是一樣的，杜比斯，她說。你愛信不信。

哦！我當然信，他說，唯恐不能向世界證明。

這是我第一次想到世界。

這些事跟世界有什麼關係？我心想。然後我看到我自己坐在秀格・艾芙瑞和××先生中間縫被子。三人一排面對杜比斯和他那盒有蒼蠅來叮的巧克力糖。這是我有生第一次有對勁的感覺。

28

親愛的上帝：

我和蘇菲亞在縫被子，坐在前廊。秀格·艾芙瑞捐出她的黃色舊衣服來做布塊。我得著機會便拿她衣服裁成的布塊來縫。如果被子縫得很好，也許我會送給她，如果不好，我自己留下來用。我要這個被子，只因爲上面有黃色的布塊，看來像星星，不過不是星星，××先生和秀格·艾芙瑞走到路邊的信箱。屋子裡靜悄悄的，除了有蒼蠅在飛之外，牠們穿出穿進的，享受著這種熱天，到處吃著，嗡嗡聲令我愛睏。

蘇菲亞好像在想什麼事，只是還沒決定是什麼。她彎腰縫著，縫一會，然後背又靠在椅上，看著外面院子。最後她停下針來說，人們爲何吃？世蘭小姐，你告訴我。

爲了活下去，我說，還有什麼？有些人吃是因東西好吃。有些人好吃，因爲他們的嘴停不下來。

這些是你所有能想出來的理由嗎？她問。

有時，也許是因爲營養不良，我說。

她沉思起來。他不是營養不良，她說。

誰不是？我問。

哈波。她說。

哈波？

他每天愈吃愈多。

也許他肚子裡長蛔蟲了？

她皺眉。不，她說。我不認爲是蛔蟲。蛔蟲會使你肚子餓，哈波不餓時也吃。

什麼？硬塞下去？令人難以相信，不過有時你每天總會聽到新奇的事。你知道，不是我，但有些人確實那麼說。

昨晚飯後，他一個人吃了一大盤麵包。

不會的，我說。

他確是吃下去了。兩大杯白脫牛奶。晚飯過後，我給孩子們洗澡，要他們上床去。他該洗盤子，結果他沒洗盤子，他把剩下的東西統統吃進去。

也許他餓了，他工作得很辛苦。

沒那麼辛苦，她說。今早早飯時，他吃下去六個蛋，吃得都走不動路。我們到田裡去時，我以爲他要昏倒了。

也許他不想洗碗，我說。他爸爸這一輩子從不洗碗。

你這麼想嗎？她說。他似乎很喜歡洗。說老實話，他比我喜歡做家事。我寧可下田或打獵，甚至砍柴，但他喜歡煮飯、打掃，在家裡做家務。

他確實是個好廚子，我說，令我訝異的是他什麼都知道。他在家時連煮蛋都沒煮過。

我打賭他喜歡做，她說，對他而言是很自然的事。不過××先生，你知道他是怎樣的人。

哦，他還好，我說。

你自己這麼覺得嗎？世蘭小姐，蘇菲亞問。

我是說他在某些事不錯，在其他事上不行。

哦！她說，總之，他下次來這裡，注意他有沒有吃東西。

我注意到他吃什麼了。他跑上臺階時，我仔細看了一下，他還是很瘦，只有蘇菲亞一半大，不過大體來說，他胖了一點。

你有什麼吃的？世蘭小姐，他說。他直奔廚房，拿了一塊炸雞，又去冷藏櫃中拿了一塊黑莓派。他站在桌旁嚼著、嚼著。你有甜奶嗎？他問。

只有酸奶，我說。

他說，好哇！我喜歡酸奶。我倒給他

蘇菲亞一定沒給你吃飽，我說。

你爲何這麼說？他滿嘴東西問道。

才吃過中飯不久，你又餓了。

他沒說什麼，只顧吃。

當然，我說，距吃晚飯也不久了，大約三四個小時。

他在抽屜裡找出湯匙來吃酸奶。他看到爐子後面的架子上有塊玉米麵包，他抓過來，把它撕碎，浸到杯子裡。

我們出去到前廊，他把腳放在欄杆上。吃著他的酸奶和玉米麵包，杯子快貼近他的鼻子了。使我想起一隻豬在吃槽中的食物。

這些天來你特別愛吃是嗎？我說，聽他嚼著。

他沒說話，吃著。

我看著院子，我看到蘇菲亞拖過一個梯子來，靠在房子上。她穿了一條哈波的舊褲子。頭上包著頭巾。她順著梯子爬上屋頂，開始用錘子釘著釘子。聲音在院子響起，像子彈聲。

哈波吃著，看著她。

然後他打起嗝來。他說，對不起，世蘭小姐。把杯子和湯匙拿到廚房去。走出來說再見。

現在不管發生什麼事。不管誰來，不管他們說什麼或做什麼，哈波只顧吃，他天天想著吃。他的肚子愈來愈大，其他的地方依舊。他看來像大肚子一樣。

什麼時候生？我們問。

哈波沒說話，去拿另一塊派。

29

親愛的上帝：

這個週末哈波跟我們在一起。星期五晚上，在××先生、秀格和我上床後，我聽到有人在哭。哈波坐在臺階上，哭得像是心都要碎了。哦！嗚嗚嗚，嗚——嗚。他的頭埋在手中，眼淚鼻涕流到下巴上。我遞給他一條手帕，他擤著鼻子，抬頭看我，兩個眼睛腫得像拳頭。

你的眼睛是怎麼回事？我問。

他在想要不要另外編個故事，然後決定合盤托出。

蘇菲亞，他說。

你還在煩蘇菲亞？我問。

她是我太太，他說。

這不表示你該去煩她，我說。蘇菲亞愛你，她是個好太太，對小孩好，長得好看，努力工作，敬畏上帝，乾淨。我不知道你還要什麼。

哈波吸鼻子。

我要她照我的話做，像你聽爸的話一樣。

哦！天呀！我說。

爸叫你做什麼，你就做，他說，他不叫你做什麼，你就不做，你不照他的話做，他打你。

有時他打我，我說，並不管我是不是照他的話做。

不錯，哈波說。但蘇菲亞不是這樣。她做她要做的事，根本不理我。我要打她，她把我的眼睛打黑。哦！嗚——嗚，他哭道，嗚——嗚。

我想到蘇菲亞。她告訴過我，我以前用弓和箭打獵。

有些女人不能打，我說。蘇菲亞是其中一個。何況，蘇菲亞愛你，如果你對她好好說，她也許會很開心的爲你做你要做的事。她不壞。她不恨人，她不抱怨。

他坐在那兒垂著頭，像呆子。

哈波，我說，推了他一把，蘇菲亞愛你。你愛蘇菲亞。

他抬起頭來，儘量張開他那腫起來的眼睛看我。是的，夫人？他說。

××先生娶我是爲了照顧他的小孩。我嫁他是因爲我爸爸要我嫁。我不愛××先生，他也不愛我。

但你是他太太，他說，就像蘇菲亞是我太太一樣。太太應該聽話。

秀格·艾芙瑞理××先生嗎？她是他要娶的女人，她叫他亞伯特，告訴他他的抽屜發臭。他這麼瘦小，等她恢復了體重，他要是敢去動她，她會騎在他身上。

我爲何要提到體重，哈波又開始哭了。他開始想噁心，他靠在欄杆邊，吐了又吐，好像要把去年吃的每一塊派都吐出來似的。等他吐完了，我把他安頓在秀格房間旁的床上。他很快睡著了。

30

親愛的上帝：

我去找蘇菲亞。她還在修理屋頂。

漏了，她說。

她用木頭做木瓦，她把一大塊方木頭放在砧上劈成一大片一大片的木瓦。她放下斧頭來問我要不要來杯檸檬水。

我看她很好，除了腕上有一塊瘀傷，看來不像是刮傷的。

你跟哈波是怎麼回事？我問。

他沒吃那麼多了，也許只是一時的失常。

他想長得跟你一樣大，我說。

她吸了一口氣。我想也是，她說。慢慢嘆了一口氣。

所有的小孩都跑來了，媽媽，媽媽，我們要檸檬水。她倒了五杯給他們，給我們倒了兩杯。我們坐在她去年夏天做的木搖椅上，搖椅掛在前廊盡頭的蔭涼處。

我厭倦了哈波，她說。自從我們結婚後，他一直想制服我。他不要太太，他要一條狗。

他是你丈夫，我說。你得跟他在一起，否則要上哪去？

我姊夫去當兵了，她說。他們沒小孩，歐迪莎喜歡小孩。他留給她一座小農場。也許我去跟他們住一陣子。我和我的小孩。

我想到我妹妹妮蒂。想得太厲害，讓我感到痛心。有人可以投奔，這似乎是甜蜜得讓人難以忍受。

蘇菲亞繼續說著，皺眉看著她的玻璃杯。

我再也不喜歡跟他上床了，她說。過去他碰我時，我是滿心歡喜。現在他碰我，我不要他碰。他一爬到我身上，我就會想到他要做的是什麼。她啜著她的檸檬汁。我過去喜歡這樣，她說。我從家裡追他追到田裡，等不及的看著他把孩子們放到床上，現在再也沒這種感覺了，現在我只覺得累了，沒興趣了。

我說，休息一陣子就會恢復過來，但我只是說著，我什麼也不知道。××先生爬到我身上做他的事，十分鐘後我們倆人都睡著了，只有當我想到秀格時，我會感到難安。就像跑到路的盡頭又跑回來。

你知道最糟的是什麼嗎？她說，最糟的是我想他根本沒注意到。他起來，跟以前一樣愉快。不管我想什麼，不管我的感覺是什麼，只顧他自己。似乎連心也沒有，她不屑道。但可以那樣做的結果使我只想殺了他。

我想抬頭看著屋前的小路，看到秀格和××先生坐在臺階上。他伸過手去，在她頭髮中拔著。

我不知道，蘇菲亞說：也許我不會走。我在內心深處仍愛著哈波，但——他讓我覺得很累。她打哈欠，大笑。我需要度一次假，她說。她又回到木頭堆旁，開始劈更多的木瓦。

31

親愛的上帝：

蘇菲亞的姊妹正如她說的，個個健壯，看來像亞馬遜的女戰士。一大早便過來，駕上兩輛馬車來接她。她沒多少東西要拿，她和小孩的衣服，她去年冬天做的一張床墊，一面鏡子，一張搖椅和孩子們。

哈波坐在臺階上像不在乎似的。他正在做一張魚網。他不時看著小孩，偶而吹一下口哨。但不像他平常吹口哨的調子。他的口哨聲像迷失在一個罐子中，而罐子沉到溪底。

最後我決定把被子給蘇菲亞。我不知道她姊姊家是什麼樣子，但冬天會很長。我知道她和孩子們得睡地板。

你讓她走？我問哈波。

他像個傻瓜似的。他說，她要走的，我如何擋得了？讓她走好了，他說，遮著眼睛看她姊姊的馬車。

我們一走上臺階，就聽到屋內乒乒乓乓的，蘇菲亞的姊妹們走起路來都會使屋子搖動。

我們上哪去？最大的女孩問。

去歐迪莎阿姨家，蘇菲亞說。

爸爸去嗎？她問。

不去，蘇菲亞說。

爸爲何不去？另一個小孩問。

爸爸要待在這裡，照看房子，照顧可可和麥子。

孩子走到他爸爸跟前，仔細地看著他。

你不去嗎？他說。

哈波說，不去。

小孩跑去跟在地上爬的小娃說，爸爸不跟我們去，你覺得怎樣。

小娃靜靜坐著，坐得很直，放了一個屁。

大家都笑，但也很悲哀。哈波把她抱起來，用手指探進尿布裡，替她換尿布。

我想她沒濕，蘇菲亞說，只是放屁。

但他還是給她換了。他和小娃坐在前廊的角落以免擋住去路。他用舊的乾尿布擦眼睛。

最後，他把小娃交給蘇菲亞，她把她背到背上，肩上扛了一袋尿布和吃的，把所有的小孩叫過來，叫他們跟爸爸說再見。然後她隔著小孩和所有的東西用力摟我一下，便爬上車了。每個姊妹膝上抱著一個小孩。除了兩個駕車的之外，她們在離開蘇菲亞和哈波的院子時都靜悄悄的，車子經過屋子開走了。

32

親愛的上帝：

蘇菲亞走了有六個月，哈波像換了一個人似的。他以前是個顧家的人，現在整天在外面廝混。

我問他是怎麼回事？他說，世蘭小姐，我現在學會很多事。

他學到一件事是他伶俐，另一件事是他聰明。此外，他會賺錢。他沒說他的老師是誰。

蘇菲亞走之前，我沒聽過多少釘錘的聲音，但自她走後，他每晚離開田裡後，便敲敲打打的。有時他的朋友史溫來幫忙。兩個人工作一整夜。××先生不得不叫他們安靜點。

你在建什麼？我問。

小酒店，他說。

就在那兒？

不會比別家更遠。

我不知道別家，只知道幸運之星。

小酒店應開在樹林中，哈波說。沒人會被音樂聲吵到，還有跳舞、打架。

史溫說，殺人。

哈波說，警察不會找到這裡。

你把蘇菲亞的房子改建成這樣，她會怎麼說？萬一她和孩子們回來呢？他們要睡哪？

他們不會回來了，哈波說，把木板釘在一起做成櫃檯。

你怎麼知道？我問。

他沒回答。繼續工作，跟史溫釘著。

33

親愛的上帝：

第一週沒人來，第二週，來了兩、三個人。第三週，一個人。哈波坐在他小小的櫃檯後面，聽著史溫敲他的樂器。

他有冷飲、有烤肉、有小腸、有店裡賣的麵包。他弄了一個招牌掛在屋子的一邊，另一個掛在路邊。但他還是沒招到顧客。

我走到院子去，站在外面往裡望。哈波看到了招招手。

請進，世蘭小姐，他說。

我說，不了，多謝。

××先生有時過去，喝杯冷飲，聽史溫演奏，秀格小姐偶而也去。她仍舊穿著她的睡衣。我還是替她把頭梳好，頭髮現在長了一點，她說不久她要燙平它。

哈波被秀格搞迷糊了。因爲她說不必管警察。有時我看他拼命看著她，他以爲我沒看見。

一天，他說，沒人會來這裡只爲聽史溫演奏，問我能不能說動要蜂后唱歌。

我不知道，我說。她現在好多了，總是哼著、唱著。她也許很願意回到她的老本行，你何不問問她？

秀格說他的地方跟她以前唱的不能比，但她想她也許可以唱一支歌把這地方唱出名來。哈波和史溫要××先生給他們一些秀格的舊海報。他們把海報張貼在大路轉入我們的路的轉角上。第一個星期六晚上來得太多，都擠不進去了。

秀格，秀格寶貝，我們以為你死了。

十二個人中有五個對秀格這麼說。

來了後就發現我沒死，秀格大大的笑著。

我終於看到秀格·艾芙瑞工作了。我要去看她，我要去聽她唱。

××先生不要我去。太太們不去那種地方，他說。

不錯，不過世蘭要去，秀格說。我正在替她梳平頭髮。萬一我唱歌時又發起病來呢？她說。萬一我的衣服出問題了呢？她穿了一件緊身的紅衣服，兩條肩帶看來像兩條線。

××先生喃喃著，穿上她的衣服。我太太不能做這個，我太太不能做那個，沒有太太……他說了又說。

秀格·艾芙瑞終於說，所幸我不是你太太。

他終於住嘴。我們三個一起去哈波的店。××先生和我坐一張桌子。××先生喝威士忌，我喝冷飲。

秀格先唱一首貝茜·史密斯的歌。她說貝茜是她的老朋友，歌名是「好人難找」。她唱時看了一下××先生，我也看他。這麼一個矮小的人，他直挺挺地坐著，好像他只能坐在椅子中一樣。我看著秀格，我的心在抽著。我是這麼心痛，我用手撫著，恨不得鑽到桌子下面，我討厭我的樣子，我討厭我的穿著。我的衣櫃中只有上教堂的衣服。××先生看著秀格裹在紅色緊身衣中的黑色皮膚，以及小紅鞋中的腳。她的頭髮在波浪中閃閃發光。

在不知不覺之間，我的眼淚已流到下巴了。

我感到困惑。

他喜歡看秀格，我也喜歡看秀格。

但秀格並不喜歡看我們兩個，只喜歡看一個，他。

本來就應該是這樣。我知道的。但如果是這樣，我的心爲何會這麼痛？

我的頭低到快碰到我的杯子了。

然後我聽到我的名字。

秀格說，世蘭，世蘭小姐，我抬頭看她在的地方。

她又叫一次我的名字。她說我要唱的這首歌叫做世蘭小姐的歌。因爲在我生病時，她爲我梳頭。

開始她哼著，像她在家一樣。然後她唱出詞來。

我沒注意聽她的歌詞，我只是看著她，我跟著哼。

有生以來第一次有人爲我唱歌，並以我的名字來命名。

34

親愛的上帝：

秀格不久要走了。她現在每個週末都在哈波的地方唱歌。他賺了不少錢，她也賺了一些。此外，她愈來愈健康。第一天晚上，她的歌唱得很好，但氣勢有點弱。現在她可以全力唱出來，在院子裡的人都聽得見。她和史溫在一起配合得很好。她唱，他演奏樂器。哈波的地方很好。小桌上點著我做的蠟燭，外面也有不少小桌，溪邊也有。有時我從我們家看過去，蘇菲亞的房子好像被一群螢火蟲包圍著。秀格等不及晚上到那兒去了。

一天她對我說，世蘭小姐，我想我該走了。

何時？我問。

最早下個月，她說，六月是回到世界的好時間。

我沒說什麼。像妮蒂離去時的感覺。

她走過來，把手放在我肩膀上。

你不在這兒時他會打我，我說。

誰？亞伯特？她說。

××先生，我說。

我不相信，她說，她挨著我坐在板凳上，由於落坐太重，像是掉下來一樣。

他為何打你？她問。

因為我是他太太而不是你。

哦！世蘭小姐，她說，用手摟著我。

我們像這樣坐在那兒有半小時，然後她親了一下我露出來的肩膀，站了起來。

我不會走，她說，等我知道亞伯特不會打你了再說。

35

親愛的上帝：

現在我們都知道她遲早要走，他們晚上睡在一起。不是每天晚上，但幾乎是，從星期一到星期五。

他去哈波那兒看她唱。只是爲看她。他們很晚回來。他們咯咯笑著、說著，直到早晨。然後他們上床，直到她該去唱歌的時候才起來。

她問我，說實話，她說，你在乎我跟亞伯特睡嗎？

我心想，我不在乎他跟誰睡。但我沒這麼說。

我說，你又會大肚子了。

她說。不會了，我有海綿。

妳還愛他，我問。

她說，我對他只有你們所謂的同情。如果我當初會嫁人，我會嫁他。但他太弱了，她說，他不能下定決心。從你告訴我的話看來他很兇。不過我還是喜歡他某些方面。他的味道合我意，他這麼小。

他讓我發笑。

你喜歡跟他睡嗎？我問。

是呀！世蘭，她說，我得承認我喜歡，你不喜歡嗎？

不，我說。××先生會告訴你，我一點也不喜歡。像什麼樣子？他爬到你身上，急忙把你的衣服拉到腰上，戮進去。大多數時候我都假裝自己不在那兒。他從來不知道有何不同。他也從未問過我我的感覺。只管幹他自己的活，下來後去睡覺。

她開始大笑，幹他自己的活，她說。幹他自己的活。世蘭小姐，你說這話，好像他把你當成了廁所。

這正是我的感覺，我說。

她停止笑。

你從未享受過？她問，困惑著。甚至跟你孩子的父親也沒有？

從來沒有，我說。

世蘭小姐，她說，那麼妳還是處女。

什麼？我問？

聽著。她說，在妳的私處有個小小的釦子，當你和一個人在一起做那事時，那兒會變熱，它會變得愈來愈熱，一直到融掉爲止。那是很好的感覺，別的感覺也好。她說，這兒吸吸，那兒吸吸。不少地方要用到手指和舌頭。

鈕釦？指頭和舌頭？我的臉熱得要融掉了。

她說，喏，拿著這面鏡子，看著你的下面，我猜你一定沒看過是嗎？

沒有。

我敢打賭你也沒看過亞伯特的下面。

我感覺到他的。我說。

我拿著鏡子站在那兒。

她說，怎麼？不好意思看你自己？你看來這麼伶俐，她說，大笑。穿得漂漂亮亮的上哈波那兒，乾乾淨淨的，卻不敢看你自己的私處。

我看時你陪我，我說。

我們像兩個調皮的女孩，一起跑到我房間去。

你看著門，我說。

她咯咯笑著。好吧，她說。沒人會來。

我仰躺在床上，撩起我的衣服來，脫下我的內褲。把鏡子放在我的腿中。全是毛。我的陰唇是黑的，裡面有一個東西像濕的玫瑰。

它比你想得要漂亮吧？她從門旁說。

鈕釦在哪？我說。

就在上面，那地方有點黏在一起，她說。

我看著她，用我的手指去觸。我全身湧起一股小小的顫慄。沒什麼。但足以告訴我這就是鈕釦所在的地方了。

她說，你順便看看你的乳頭。我拉起衣服來看我的乳頭。想到我的娃娃吸奶的時候。那時我也感到有一股顫慄。有時是很大的顫慄。餵孩子時是很舒服的。

亞伯特和哈波來了，她說。我穿上我的褲子，拉下我的衣服，覺得我們兩人在做什麼壞事。

你跟他睡我不在乎，我說。

她相信我的話。

我也相信我的話。

但當我聽到他們在一起時，我只有把被子拉到頭上，用手指按著我的鈕釦和乳頭哭著。

36

親愛的上帝：

一天晚上，當秀格正唱著一首熱門的歌時，蘇菲亞來了。

她跟一個高壯的男人一起來，那人好像是一個職業拳擊手。

她還是那麼強壯。

哦！世蘭小姐，她叫道。能再見到你眞好。甚至看到××先生也很高興，她說。她拉起他的一隻手，即使他握手有點無力。

他表現得像眞的很高興看到她。

喏，拉過一張椅子來，他說。喝杯冷飲。

一片白光，她說。

拳擊手拉過一張椅子來，把手搭在後面，摟著蘇菲亞，像在家裡一樣。

我看到哈波帶著他瘦小的黃皮膚的女朋友走過來。他看著蘇菲亞，像她是一個獵人一樣。

這位是亨利．布勞德奈克斯，蘇菲亞說。每個人都叫他剋星。我們家的好朋友。

你們好嗎？他說。他愉快地微笑，我們一起聽音樂。秀格穿著一件金衣服，露出她的胸部來，乳頭都快擠出來了，每個人都希望衣服會裂開，但衣服很結實。

××先生小聲問蘇菲亞。你的孩子在哪？

她也小聲回道，我的孩子在家裡，你的呢？

他沒回答。

兩個大女孩因大肚子都走了。巴勃進去監獄好多次。如果他祖父沒有個做警長的叔叔，他喜歡巴勃，巴勃早被私刑拷打了。

我發現蘇菲亞還是很好看。

大多數女人生了五個小孩後都會有點憔悴。我隔著桌子，在秀格唱完歌時對她說，你看來還可以再生五個。

哦，她說。我現在有六個，世蘭小姐。

六個。我嚇一跳。

她甩著頭，看著哈波，生活不會因你離家而停止，世蘭小姐。你知道的。

我心想。我的生活在我離家後停止了。但我又想到，也許跟××先生的停止了，但因爲有秀格又開始了。

秀格走過來，她和蘇菲亞擁抱。

秀格說，女孩，你看來過得很快樂嘛！

有時我發現秀格說話和動作像個男人。男人才對女人說這樣的話。女人總是談頭髮和健康。有多少小孩活著或死了，長牙了嗎？也很少女人在擁抱時像是過得很愉快的。

所有男人的目光都集中在秀格胸部。我的目光也停在那裡。秀格，我在我心裡對她說，女孩，你看來過得很快樂，上帝知道你是過得很快樂。

你來這裡做什麼？哈波問。

來聽秀格小姐唱歌，蘇菲亞說，哈波，你這兒弄得不錯。她四顧瀏覽，她的眼中流露出敬佩的神色。

一個有五個小孩的女人在此流連是丟臉的事，哈波說。

蘇菲亞的目光冷下去。她把他從上打量到下。

自從他不給自己硬塞東西後，他長胖不少，臉、頭、全身，都是因爲喝自家釀的啤酒和吃剩下來的烤肉的結果。現在他跟她的塊頭差不多。

一個女人偶爾需要一點娛樂，她說。

一個女人應該待在家裡，他說。

她說，這是我的家，不過我覺得改成小酒店更好。

哈波看了一眼拳擊手。拳擊手把椅子往後推一點，端起他的酒來。

我不爲蘇菲亞打架，他說。我的工作是愛她，帶她到她要去的地方。

哈波鬆了一口氣。

我們來跳舞。

蘇菲亞大笑，站起來，用兩隻手臂勾住他的頸子。他們在地板上慢慢地滑過去。

哈波的黃皮膚小女朋友在生氣，在吧檯附近逗留著。她是個好女孩，友善，但她像我，一切都聽哈波的。

他給她取了一個綽號，叫她唧唧喳。

不久，唧唧喳壯著膽子站起來。

哈波想擋住蘇菲亞不讓她看到她，但唧唧喳一直拍他的肩膀。

最後他們停止跳舞。他們走到距我們桌子兩呎的地方。

秀格說，啊——哈，努努她的下巴，有事情要發生了。

這女人是誰？唧唧喳問，有點咬牙切齒的。

你知道她是誰，哈波說。

唧唧喳轉向蘇菲亞說，你最好離開他。

蘇菲亞說。沒關係，她轉身要走。

哈波抓住她的膀子說，你不能上別處去，這裡是你家。

唧唧喳說，你什麼意思？這是她家？她離開你，離開這個房子。現在都過去了。她對蘇菲亞說。

蘇菲亞說，我沒關係。想掙脫哈波的掌握。他抓她抓得緊緊的。

聽著，唧唧喳，哈波說，一個男人不能跟他老婆跳舞嗎？

唧唧喳說，是我的男人就不行。你聽見嗎？賤人，她對蘇菲亞說。

係。

蘇菲亞對唧唧喳有點不耐煩，我可以從她耳朵看出來。耳朵往後豎。但她又說，別吵啦！我沒關

唧唧喳一巴掌打過去。

她這麼做是爲什麼呢？蘇菲亞不會像女人一樣給人巴掌。她握起拳頭來，往後退，一拳打落唧唧喳兩顆牙齒。唧唧喳倒在地上，一隻牙齒還掛在嘴唇上，另一隻飛到我的杯子裡。

然後唧唧喳開始用鞋踢哈波的腿。

你叫那個賤人走開，她哭道，血和口水流到下巴上。

哈波和蘇菲亞並排站著，俯視唧唧喳，但我想他們沒聽見她說什麼。哈波仍然抓住蘇菲亞的膀子。也許過了半分鐘，最後，他終於鬆開她的膀子，俯下身去抱起可憐的小唧唧喳，拼命哄她，把她當成小娃一樣。

蘇菲亞走到拳擊手身邊。他們頭也不回的出去。然後我們聽到一陣汽車引擎發動的聲音。

37

親愛的上帝：

哈波悶悶不樂，擦著櫃檯，點燃一根香煙，看著門外，走上走下。小唧唧喳在他身邊侍候著，想解除他的鬱悶。寶貝這個，她說，寶貝那個。哈波眼睛望過她的頭頂，拼命抽著煙。

唧唧喳走到我和××先生的角落，她鑲了兩顆金牙，平常老是笑著。現在她哭道。世蘭小姐，她說，哈波怎麼啦？

蘇菲亞關監獄了，我說。

在獄中？她看來像是我在說蘇菲亞在月亮上。

她爲何關監獄？她問。

打了市長太太，我說。

唧唧喳拉過一張椅子來，看著我。

你眞正的名字是什麼？我問她，她說，瑪莉．艾格妮斯。

要哈波叫你的名字，我說，這樣他在煩心時也許會看你。

她困惑地看著我。我告訴她蘇菲亞的一個妹妹告訴我和××先生的事。

蘇菲亞和拳擊手以及所有的孩子坐拳擊手的車子到城裡去。他們從車子上下來時，正好市長和他太太經過。

市長太太說，這些小孩乖巧得像小釦子一樣，她說，停下來，把手放在一個小孩頭上，這麼結實的白牙齒。

蘇菲亞和拳擊手沒說什麼。等她過去。市長也在等。站在後面，用腳點地打拍子，微笑的看著她。米麗，他說，總是喜歡接近有色人種。米麗小姐的手指摸過更多小孩後，最後看著蘇菲亞和拳擊手。她看了拳擊手的車。看著蘇菲亞的手錶。她對蘇菲亞說，你的小孩都很乾淨，你願意替我做事嗎？做我的佣人？

蘇菲亞說，去你的才不要。

她說，你說什麼？

蘇菲亞說，去你的不要。

市長看看蘇菲亞，把他太太推開，挺胸道，你剛才對米麗小姐說什麼？

蘇菲亞說，我說，不要。

他打她一巴掌。

我說到這兒停下來。

唧唧喳坐到椅子邊。她等著我再說下去。看著我。

不用再說了，××先生說，你知道打蘇菲亞耳光的結果。

唧唧喳面色白得像紙一樣。哦，她說。

那沒什麼，我說，蘇菲亞把那個男人打倒在地上。

警察來了，把小孩從市長身邊拉開，打他們的頭。蘇菲亞要反抗，他們把她拖倒在地。

我只能說到這裡，我的眼中充滿了淚水，我的喉嚨哽住了。

可憐的唧唧喳坐在她的椅子中發抖。

他們打蘇菲亞，××先生說。

唧唧喳立刻跳起來，跑到櫃檯後面，用手摟著哈波。他們互相摟了很久，哭著。

拳擊手怎麼樣呢？我問蘇菲亞的姊姊歐迪莎。

他要跳過去，她說，蘇菲亞說不要，把孩子帶回家去。

警察用槍對準他，他一動，就是死人一個，你知道，他們有六個。

××先生懇求警長讓我們看看蘇菲亞。巴勃時常惹麻煩，所以××先生跟警長混熟了，像是一家人，只要××先生記得他是有色人種就行。

警長說，她是個瘋女人，你兒子的太太，你知道嗎？

××先生說，是的，我們知道，我們一直告訴哈波說她是瘋的，這話已說了十二年了，在他們結婚前便說過了。蘇菲亞一家人都是瘋子，這不是她的錯，何況，警長也知道女人是什麼樣子的。

警長想了一下他認識的女人說，是啊！你等在這兒。

××先生說，如果准我們看她，我們會告訴她她瘋了。

警長說，你們一定要這麼做。跟她說，她還活著已屬萬幸了。

當我看到蘇菲亞時，我不知道她爲何還活著。他們砸碎她的腦殼，她的肋骨，撕裂她的鼻子，打瞎了一隻眼睛。她從頭到腳都是腫的。她的舌頭有我的手臂兩倍粗，像一塊橡皮似的吐出牙齒之外。她不能說話，全身顏色像茄子。

我怕得幾乎掉下我手中的提包。但我沒有，我把它放在監獄的地上，拿出梳子和牙刷、睡衣、酒精、金縷梅、開始替她清理傷口。一個黑人侍者端水來給我清洗她。我先從她的眼睛開始。

38

親愛的上帝：

他們讓蘇菲亞在監獄的洗衣房工作。從早上五點到晚上八點都在洗衣服。骯髒的犯人衣服、堆積如山的床單和毯子。我們每個月去看她兩次，一次半小時。她的臉是黃色有病的樣子，手指腫得像香腸。

這裡什麼都髒，她說，甚至空氣。食物糟得會吃死人的。到處是蟑螂、老鼠、蒼蠅、虱子，甚至還有一、兩條蛇。如果你說什麼話，他們會抽你，讓你睡在水泥地上，沒有燈。

你是怎麼過來的？我們問。

每次他們要我做事，世蘭小姐，我就學你。我立刻跳起來答應著，照他們的話做。

她說這話時看來像瘋了一樣，她用她的壞眼睛巡視著房間。

××先生吸著氣，哈波呻吟著。秀格小姐特別從曼斐斯來看蘇菲亞。

我不能說我的感覺是什麼。

我是個好囚犯？她說，是他們見過最好的犯人。他們不相信我就是打市長太太，把市長打倒在地上的人。她大笑，聲音很空洞，像是全家人都出去，家裡只有你一個人在的時候。

十二年是很長的時間，她說。

也許你因爲行爲良好被放出來，哈波說。

好行爲對他們來說還不夠好，蘇菲亞說。只要你的舌頭是壓在他們的靴子下面，你休想得到注意。我夢想殺人，白天晚上都夢見殺人。

我們沒說話。

孩子們好嗎？她說。

他們都好，哈波說。歐迪莎和啣啣喳在照顧他們。

跟你的啣啣喳說謝謝。告訴歐迪莎說我想念她。

39

親愛的上帝：

晚飯過後我們都坐在桌旁。我、秀格、××先，唧唧喳、拳擊手、歐迪莎和蘇菲亞另外兩個姊妹。

蘇菲亞挺不下去的，××先生說。

是呀！哈波說，我看她有點狂亂了。

聽聽她說的話，秀格說，天哪！

我們得想辦法，××先生說，而且要快點。

我們能做什麼？唧唧喳問。她有點憔悴，因為所有蘇菲亞和哈波的小孩在她身邊跳著，但她撐過來。頭髮有點凌亂，不時會出錯，不過她還是撐著。

把她救出來，哈波說，弄一點炸藥來，把整個監獄炸掉。

閉嘴，哈波，××先生說。我們得想想。

我有了，拳擊手說，偷運一枝槍進去。他摸摸他的下巴，用紙夾藏著運進去。

不行，歐迪莎說，如果她這樣跑掉，他們會追捕她。

我和唧唧喳沒說話。我不知道她在想什麼，但我想到天使。上帝坐著馬車下來，把蘇菲亞給接走。即使在白天，我也看得很清楚。天使穿白衣服、白頭髮、白眼睛，看來像白公。（為醫學名詞，指有色人種的皮膚和頭髮因缺乏色素而變白的病症）上帝也是白的，樣子有點像在銀行做事的白人。天使敲著他們的鐃鈸，其中一個吹著號角，上帝吐出火來，突然之間，蘇菲亞便自由了。

獄卒有什麼黑人親戚？××先生說。

沒人說話。

最後拳擊手說話了。他叫什麼名字？他問。

何吉，哈波說，巴勃·何吉。

是老頭亨利·何吉的兒子，××先生說。以前住在老何吉的地方。

他有個兄弟叫吉米嗎？唧唧喳問。

有，××先生說，他有兄弟叫吉米，娶了奎特門家的女兒，她爸爸有家五金店，你認得他們嗎？

唧唧喳急忙低頭，喃喃說著。

說什麼？××先生問。

唧唧喳的臉頰變紅。她又喃喃說著。

吉米是你什麼人？××先生說。

表親，她說。

××先生看著她。

其實是爸爸，她說。她看了哈波一眼，又去看地上。

他知道嗎？××先生問。

知道，她說。他跟我媽生了三個小孩，兩個比我小。

他兄弟巴勃知道這事嗎？××先生問。

他有次跟吉米先生來家裡。他給我們零錢，說我們確實像何吉家的人。

××先生靠在椅背上，從頭到尾打量了唧唧喳一會。唧唧喳把她棕色的頭髮從臉上拂開。

不錯！××先生說。我看出相像之處來了。

看來該你去。

去哪？唧唧喳問。

去看獄卒，他是你伯父。

40

親愛的上帝：

我們把唧唧喳打扮成一個白種女人的樣子，只是她的衣服有補綻。她穿了一件漿過、燙過的衣服，高跟鞋，還有一頂別人給秀格的舊帽子。我們給她一本筆記簿，看來像一床被單，還有一本小的黑皮聖經。我們替她洗頭，把頭上所有的油膩都洗掉，然後編成兩條辮子，盤在頭上。我們把她清理得很乾淨，聞起來像乾淨的地板。

我要說什麼？她問。

說你跟蘇菲亞的丈夫住在一起，她丈夫說蘇菲亞處罰得還不夠重。說她在那兒過得很好。甚至很快樂，只要她不要做白人的女佣就好。

上帝呀！唧唧喳說，我這張嘴如何能說出這些話來？

他問你你是誰，你要喚起他的記憶。告訴他他給你的那些銅板對你來說有多重要。

那是十五年前的事了，唧唧喳說，他不會記得的。

要他看出你是何吉家的人，歐迪莎說，他會記得的。

告訴他你認爲法律該怎麼辦，要他知道你跟蘇菲亞的丈夫住在一起，秀格說。說她在那兒待得很愉快，她最怕做白人家的佣人。

41

親愛的上帝：

可憐的小唧唧喳跛著一隻腳回家。她的衣服被撕破了，帽子不見了，一隻高跟鞋的跟也不見了。

怎麼回事？我們問。

他看出我是何吉家的人，她說。他一點也不喜歡。

哈波從車中走下來。我太太被打，我的女人被強暴，他說。我該拿槍去打他們，放火燒了那地方，把它燒個精光。

閉嘴。哈波，小唧唧喳說。我在說話。

我一進去，他就記起我來。

他說什麼？我們問。

他說，你要什麼？我說，我來看看法律執行了沒有。你要什麼？他又問。

我說你們告訴我的話。說蘇菲亞處罰得不夠重，說她在獄中很快樂。她只擔心做白人的女佣。你知道，那是她打架的原因，市長太太要蘇菲亞做她的女佣。蘇菲亞說她絕不替白人做事，更何況是做女佣。

就這樣嗎？他問。一直看著我。

是的，我說。監獄適合她，洗衣、燙衣是她在家也做的事，你知道，她有六個小孩。

那是事實？他說。

他從他的桌後走出來，靠在我椅子上。

你的親人有哪些？他問。

我告訴他我媽媽的名字，祖母的名字，祖父的名字。

你爸爸是誰？他問。你的眼睛像誰？

我沒爸爸，我說。

我以前沒看過你嗎？他說。

我說，看過，有一次，大約是十年前，我那時是個小女孩，你給我一個銅板，我很高興。

我不記得了，他說。

你跟我媽媽的朋友吉米先生來過我家，我說。

唧唧喳看著我們，吸了一口氣。喃喃說著。

說什麼？歐迪莎問。

是啊！秀格說，你如果不能告訴我們，你能告訴誰？

他把我的帽子拿掉，唧唧喳說，叫我脫掉我的衣服。她低下頭，把臉埋在手中。

天哪！歐迪莎說，他是你伯父。

他說如果他是我伯父，他不會對我這樣，那是一種罪。但這只是一點亂倫。每個人都有罪。

她把臉轉向哈波。哈波，她說，你是眞愛我？還是爲了我的顏色？

哈波說，我愛你，唧唧喳。他跪下來，用手臂摟著她的腰。

她站起來。我的名字是瑪莉．艾格妮斯，她說。

42

親愛的上帝：

瑪莉·艾格妮斯去營救蘇菲亞的事過了半年後，她開始唱歌。她先唱秀格的歌，然後唱自己做的歌。

她的聲音是你絕不會想到會用去唱歌的。聲音小而尖，像貓叫，但瑪莉·艾格妮斯不在乎。不久，我們就習慣了。後來我們都喜歡聽了。

哈波不知道是怎麼回事。

對我來說似乎很好笑，他對我和××先生說。這麼突然。使我想起了留聲機。放在角落中一年，靜得跟墳墓一樣，然後你放一張唱片上去，它就活過來了。

不知道她還氣不氣蘇菲亞把她的牙齒打落，我問。

氣。但氣有什麼用？她不是壞人。她知道蘇菲亞的日子不好過。

她跟小孩處得如何？××先生問。

他們喜歡她，哈波說。她讓他們愛做什麼便做什麼。

哦——哦，我說。

此外，他說，歐迪莎和蘇菲亞其他的姊妹都幫忙。他們養小孩像帶兵一樣。

唧唧喳唱：

他們喊我黃色，
黃色像是我的名字。
他們喊我黃色，
黃色像是我的名字。
如果黃色是一個名字，
爲何黑色便不一樣。
如果我說嗨！黑女孩，
天哪！她會毀了我的遊戲。

43

親愛的上帝：

蘇菲亞今天對我說，我不懂。

不懂什麼？我問。

我們爲何不殺了他們。

在她打架入獄三年後，她從洗衣房出來，她的顏色和體重又恢復了，看來還是老樣子，老是想著要殺人。

殺不完，我說。我們寡不敵眾。不過我想我們這些年來，這兒打倒一個，那兒打倒一個。

我們坐在靠米麗小姐院子邊一個舊的條板箱上。生銹的釘子從箱底冒出來，我們移動時，箱子便吱軋作響。

蘇菲亞的工作是看著小孩玩球。小男孩把球丟給小女孩。小女孩閉著眼去接球。球滾到蘇菲亞腳下。

把球丟給我，小男孩說。我是在這兒看你們，不是扔球的，她說。她不去撿球。

你沒聽見我的話嗎？他叫道。他大約六歲，棕髮、冰藍的眼睛。他氣沖沖地走到我們坐的地方，踢蘇菲亞的腿。她把腳移到另一邊，他尖叫。

怎麼啦？我問。

他踩到生銹的鐵釘子了，蘇菲亞說。

確實，血從他鞋子裡流出來。

他妹妹跑來看他哭。他的臉愈哭愈紅，叫他媽媽。

米麗小姐跑來。她怕蘇菲亞。每次跟她說話，總怕她會有驚人之舉，所以離她遠遠的。她離我們坐的地方有一段距離，招手叫比利過去。

我的腳，他對她說。

蘇菲亞幹的？她問。

小女孩說，是比利自己弄得。他要踢蘇菲亞的腿。小女孩崇拜蘇菲亞，總是黏著她。蘇菲亞從未注意過她，她對小女孩跟她哥哥一樣視若無睹。

米麗小姐狠狠看了她一眼，用一隻手摟著比利肩膀，他們一跛一跛回屋子去。小女孩跟著，跟我們說再見。

她似乎是個很甜的小東西，我對蘇菲亞說。

誰？她皺眉道。

小女孩，我說。她叫什麼名字？伊蓮娜．珍？

是啊，蘇菲亞臉上是眞正地困惑說。我在想她爲何而生。

我說，我們用不著這麼去想黑人。

她咯咯笑起來。世蘭小姐，她說，你瘋了。

這是三年來我第一次聽到咯咯聲。

44

親愛的上帝：

蘇菲亞談到她替他們做事的那些人便會發出大笑聲來。他們盡力想使我們認爲自己是奴性的，好像我們沒腦筋處理事情一樣，蘇菲亞說。總是弄壞鋤頭的柄，讓騾子跑到麥田中。但我懷疑他們建的任何東西能持久。他們落伍，她說，笨拙，不幸。

市長給米麗小姐買了一輛新車，因爲她說如果黑人都有車，那麼她也該有一輛。於是他給她買了一輛，只是他拒絕教她怎麼開。他每天從辦公室回到家中會看著她，看著窗外她的車，你很享受你的新車吧？她會從沙發跑到廁所去，把門砰的一聲關上。

她沒有朋友。

一天她對我說，車子放在院子裡兩個月了，蘇菲亞，你知道如何開嗎？我猜她想起第一次看到我時，便是坐在剋星的車子上。

會的，夫人，我說。我正在擦樓梯下面的柱子。他們對待柱子很好玩。上面不能有手指印。

你想你可以教我嗎？她問。

蘇菲亞的一個男孩跑進來。最大的男孩。他長得高大英俊，是個很嚴肅的人，經常生氣。

他說，媽，別說奴役。

蘇菲亞說，爲什麼？他們把我放在屋子下面的小儲藏室中，還沒有歐迪莎的玄關大，在冬天是很暖和的。他們隨時召喚我，不讓我看任何男人。五年後，他們才讓我看你，一年一次。我是一個奴隸，她說。你認爲還該叫什麼？

一個俘虜，他說。

蘇菲亞繼續說她的故事，看了他，好像很高興他是她生的。

於是我說，是的，夫人。我可以教你，如果是我會的那種車。

接下來，你知道，我和米麗小姐便在路上跑起來。開始我開她看著，然後是她開我看著。等我煮完早飯，擺在桌上，洗完碗盤，掃過地之後，便教米麗小姐開車。

過了一陣子，她多少會開了，然後眞的會開了，一天我們回家時，她對我說，我開車送你回家。

回家？我問。

是呀？她說，家。你很久沒回家看你的孩子了是嗎？

我說，是呀！夫人，有五年了。

她說，眞可憐，你去收拾你的東西。聖誕節快來了，去收拾你的東西，你可以待上一整天。

待一天不需要帶東西，我說。

好吧，她說。上來。

蘇菲亞說。我習慣坐她旁邊教她開車，所以我很自然地爬進前座去。

她站在她那邊的車門清著喉嚨。

最後她帶著笑說，蘇菲亞，這裡是南方。

是的，夫人，我說。

她更笑起來，看著你坐的地方，她說。

我坐在我常坐的地方，我說。

這是問題所在？她說，你看過一個白人跟一個黑人並排坐在車裡嗎？在不是教對方開車的時候？

我走下車來，打開後門坐進去。她坐前面，我們一路開著，米麗小姐的頭髮都吹到窗外去。

這條路的風景眞美，她說。當我們走在馬歇郡的路上，要去歐迪莎家時。

是的，夫人，我說。

我們停在院子中，所有的孩子都圍過來，沒人知道我回來了，所以他們不認得我，除了兩個最大的，他們跑過來抱著我。然後小的也來抱我。我想他們甚至沒注意到我坐在車後。歐迪莎和傑克出來時，我已經下車了，所以他們沒看到。

大家站在那兒親著、摟著，米麗小姐只是看著。最後，她從車窗探出頭來說，蘇菲亞，我五點來接你。小孩正把我推進屋子裡，我回過頭去說，是的，夫人，我以爲我聽到她開走了。

但十五分鐘後，瑪瑞朗說，那位白人女士還在那兒。

也許她在等你，傑克說。

也許她生病了，歐迪莎說。你一直說他們是如何多病的。

都是樹。

我出去，蘇菲亞說，猜猜看是怎麼回事？她不知道如何倒車，只會往前開，傑克和歐迪莎的院子

蘇菲亞，她說，你如何把這個東西倒退？

我把頭伸進窗子。想告訴她如何去移檔。但她很慌亂，所有的小孩歐迪莎和傑克都站在前廊看她。

我跑到另一邊，把頭伸進窗裡要解釋。她的鼻子發紅，又氣又挫折的。

我爬上後座，身子向前，教她如何換檔。車子不動了，最後車子什麼聲音也沒有了。引擎死了。

別擔心，我說，歐迪莎的丈夫傑克會送你回家。他的貨車在這兒。

哦！她說，我不能跟一個陌生的黑人坐在貨車裡。

我叫歐迪莎邊擠進去，這樣可以給我多一點時間跟小孩在一起，我心想。但她說，不，我也不認識她。

最後是傑克和我送她回家，然後傑克開車載我進城去找技工，到了五點，我把米麗小姐的車開回家。

我跟小孩相處了十五分鐘。

她有好幾個月說我是如何忘恩負義。

白人是一種苦難，蘇菲亞說。

45

親愛的上帝：

秀格寫信來說她要給我們一個大大的意外，她打算在聖誕節帶回來。是什麼？我們都在猜。

××先生想是送他一輛車，秀格現在賺大錢了，身上穿的都是皮大衣、絲的、緞子的、帽子還有金子做的。

聖誕節早上，我們聽到門外有汽車聲。我們看外面。

××先生連忙穿上褲子跑出去。我站在鏡子前，想弄平我的頭髮。頭髮太亂，不好整理，我只好放棄，用頭巾裹起來。

我聽到秀格叫道，哦！亞伯特。他說，秀格。我知道他們擁抱，然後便沒聲音了。

我跟到門口。秀格，我說。伸出我的手臂，但等我看清楚時，才發現一個高瘦的男人，穿著紅色吊帶褲，擋在我面前，我還沒弄清楚，他已摟住我。

世蘭小姐，他說，世蘭小姐，我聽了好多有關你的事。感覺上，我們像老朋友一樣。

秀格站在那兒，笑開來。

這是葛狄，她說，這是我丈夫。

她說這話時，我就知道我不喜歡葛狄，我不喜歡他的樣子。我不喜歡他的牙齒，我不喜歡他的衣服，他似乎身上有臭味。

我們開了一整晚車，她說。沒地方停，你知道。不過我們還是到了。她走到葛狄身邊，摟著他，抬頭看他，好像他很可愛，他俯身給她一個吻。

我看了××先生一眼，他看來像是面臨世界末日，我知道我的臉色也好不到哪去。

這是我的結婚禮物，秀格說。這車大，深藍色，全新的，她說。她看看××先生，拉起他的手臂，捏一捏。我們在這兒時，亞伯特，她說，我要你學開車。她大笑。葛狄開起車來像傻瓜，我以為警察會逮我們。

最後秀格終於注意到我，她走過來摟我很久。我們兩個現在都是已婚的女人了，她說。我餓了，她說，有什麼吃的嗎？

46

親愛的上帝：

××先生在聖誕節期間一直在喝酒。他和葛狄喝。我和秀格煮飯，打掃屋子，聊天，早上起來，聊天，砍木柴，聊天。

她到全國各地去演唱。每個人都知道她的名字，她也認得每個人。她認得蘇菲．塔克，杜克．愛林頓，認得一些我沒聽過的人。還有錢。她賺了好多錢，不知道怎麼用。她在曼斐斯買了一幢漂亮房子，還有一輛車。她有一百件漂亮的衣服。一房間的鞋子，她給葛狄買他要的任何東西。

你在哪找到他的？我問。

在我的車下面，她說。我家的那輛車。我開車開到沒汽油了，結果引擎熄火。他是修理的人，我們一見鍾情。

××先生很難過，我說。我沒提我自己。

哦！她說。過去的事總算過去了。你和亞伯特現在像一家人了。一旦你告訴我他打你，不去工作，我對他的感覺便不一樣了。如果你是我太太，她說，我會用吻來代替棍子，爲你賣力工作。

自從你叫他不要打我，他沒怎麼打我，我說，偶而在他沒事幹時，打我一巴掌。

你們做愛好點了嗎？她問。

我們試，我說。他試著去玩那個鈕釦，但我感到他的手指是乾的。我們沒多大進展。

你還是個處女？她問。

我想是吧。我說。

47

親愛的上帝：

××先生和葛狄一起去開車子，秀格問我她能不能跟我睡。她和葛狄的床晚上睡起來很冷。我們談這個，談那個，不久便談到做愛。秀格不是說做愛，她說得很髒。她說幹。

她問我，你跟你小孩的爸爸如何？

女孩們住另一個小房間，我說，跟大房子還隔著一條木板路。沒人進來，除了媽以外。有一次，媽不在家，他來，叫我替他剪頭髮。他帶了剪刀、梳子和一張凳子。我替他剪頭髮時，他看著我。他有點緊張，但我不知道爲什麼，直到他抓住我，把我往他腿裡塞。

我靜靜地躺在那兒，聽著秀格沉重的呼吸。

你知道，我很痛，我說。我才要過十四歲，我沒想到男人下面那麼大，我怕得不敢看。

秀格很靜，我以爲她睡著了。

等他完了後，我說，他叫我替他把頭髮剪完。

我偷偷看了秀格一眼。

哦！世蘭小姐，她說。用手臂摟著我，在燈光下，她的手臂又黑又亮。

我開始哭起來，我哭了又哭。好像所有的傷心事都湧上來，我躺在秀格懷中。我是多麼痛，多麼驚訝，血是如何流到我的腿上，弄髒的我襪子，他自此以後是如何不直視我和妮蒂。

別哭，世蘭，秀格說，別哭。

過了一會我說，媽媽最後問他，如果他沒進過我們房間，我們房間怎麼會有他的頭髮。他告訴她我有男朋友，他看到有男孩子從後門溜進去。是男孩子的頭髮，不是他的。你知道她有多喜歡剪人家的頭髮，他說。

我是愛剪頭髮，我對秀格說，從我小時候起，我便拿把剪刀，一看到有頭髮長出來便剪。所以我才會替他剪頭髮，不過我都是在前廊替他剪。自此後，我每次看到他拿剪刀、梳子和凳子來，我就開始哭。

秀格說，我以爲只有白人才做這種醜事。

我媽死了，我告訴秀格。我妹妹妮蒂跑了。××先生來娶我，要我照顧他調皮的小孩。他從未問過我的事。他上來便是幹呀幹的，甚至我頭上綁著繃帶。沒人愛過我，我說。

她說，我愛你，世蘭小姐，然後她摟住我。我也說，我愛你。

48

親愛的上帝：

葛狄和××先生在清晨時步履蹣跚的回來。我和秀格睡得很熟。她背對著我，我摟著她的腰，像什麼？像小孩跟媽媽睡覺一樣，只是我不記得我跟媽媽睡過覺了，小時也跟妮蒂這樣睡過。只是跟妮蒂沒這麼舒服，給人一種溫暖的感覺，像置身在天堂一樣，完全不像跟××先生睡時的感覺。

秀格，醒來，我說。他們回來了，秀格一翻身，摟我一下，便下床去，她歪歪倒倒的回到另一個房間，倒在她跟葛狄睡的床上。××先生倒在我身邊，他還沒拉起被子來就已鼾聲大作，他喝醉了。

我儘量去喜歡葛狄，即使他穿紅色的吊帶褲，打領結，即使他用秀格的錢像用他自己的一樣。即使他說起話來像是從北方來的。曼斐斯，田納西不是北方。但有一點我不能忍受就是他叫秀格媽媽。

我才不是你他媽的媽媽，秀格說，但他照叫不誤。

就像他看唧唧喳的樣子，秀格嘲笑他，他說，嗰，媽媽，我沒壞心眼。

秀格喜歡唧唧喳，幫她唱歌。他們坐在歐迪莎家的前廊，所有的小孩都聚攏來唱又唱的。有時史溫會帶他的樂器來，哈波煮飯，我和××先生和拳擊手欣賞。

眞好。

秀格對唧唧喳說，瑪莉．艾格妮斯，你該公開演唱。

瑪莉說不行，她想她聲音不夠大，不像秀格那麼寬，沒人要聽她的，但秀格說她錯了。

你聽到教堂唱的那些可笑的聲音嗎？秀格說，還有那些你聽來很好聽的聲音，你認爲不是人發出的？然後她開始呻吟，像死亡走近了，天使也不能阻止，讓人毛骨悚然，但它確實像美洲豹發出的聲音，只要牠們能發出來。

我告訴你一件事，秀格對瑪莉說，聽你唱歌，人們會想到做了一場痛快的愛。

噉！秀格小姐，瑪莉說，臉都紅了。

秀格說，不好意思把唱歌，跳舞和幹放在一起嗎？她大笑。這是他們說我們唱的是魔鬼音樂的原因，魔鬼喜歡幹活。聽著，她說，我們一起去哈波的地方唱一晚，如果我帶你出場，他們會好好的聽。黑鬼不知道如何反應，但如果你能唱完第一條歌的一半，你就收服了他們。

你想可以嗎？瑪莉說，她張大了眼，很高興。

我不知道我是不是要她唱歌，哈波說。

怎麼回事？秀格說。你把瑪莉打扮起來，你可以大賺一筆。像她這樣的黃色，直頭髮，雲一樣的眼睛，男人都會爲她著迷。不對嗎？葛狄，她說。

葛狄看來像一隻小羊，一笑。媽媽，你從來沒看走眼過任何事，他說。

你最好別忘了，秀格說。

49

親愛的上帝：

這封信我一直捧在手上。

親愛的世蘭：

我知道你以爲我死了，但我沒有。過去這許多年來，我一直寫信給你，但是亞伯特說你再也不會聽到我消息，由於我也沒有你的音訊，我想他的話不假。我現在只在聖誕節和復活節時寫信給你，希望我的信能夾在那些卡片中，或是亞伯特在過節時特別高興而同情我們。

我有許多話要告訴你，只是不知從何說起，何況，你可能也收不到這封信，我相信亞伯特仍然是唯一去信箱拿信的人。

如果這封信眞能到你手上，我要告訴你一件事，我愛你，我沒死。奧莉薇很好，你的兒子也是。再過一年我們都會回來了。

愛你的妹妹

妮蒂

一天晚上躺在床上，秀格要我告訴她有關妮蒂的事。她長得像什麼樣子？她在哪？

我告訴她××先生如何想勾引她？妮蒂如何拒絕他，他如何對妮蒂下逐客令。

她上哪？她問。

我不知道，我說，她離開這裡。

她沒寫信來？她問。

沒有，我說，每天××先生去信箱拿信，我都希望有她的消息，但沒音信，她死了。

秀格說，你沒想過嗎？她如果不是在某處，不會貼這種奇奇怪怪的郵票。看來她像在讀書，有時我和亞伯特去拿信，看到一封貼了奇奇怪怪郵票的信。他看了不說話，順手便揣入口袋中。有一次，我問他可不可以看看那些郵票，他說他以後給我看，但他從未拿給我看過。

她去城裡了，我說。郵票跟這兒的還不是一樣，都是長頭髮的白人。

她說，其中一張看來像一個白人胖女人。你妹妹妮蒂像什麼樣子？她問。聰明嗎？

聰明，我說，什麼都懂。她小時候才會講話就會看報紙，算起算術來很快，也很會說話，很甜。沒有比她更甜的女孩，我說。她也愛我，我對秀格說。

她高還是矮？秀格問。她喜歡穿什麼樣的衣服？她的生日在哪一天？她喜歡的顏色是什麼？她會煮飯嗎？縫衣服？頭髮是什麼樣子？

她要知道妮蒂所有的事。

我一直說著，說得聲音都啞了。你爲何要知道那麼多她的事？我問。

因爲她是你唯一愛過的，她說，除了我之外。

50

親愛的上帝：

突然之間，秀格跟××先生又好了。他們坐在臺階上，一起去哈波的地方，一起去拿信。

當他說話時，秀格不停地大笑，牙齒露出來，胸脯也像要蹦出來一樣。

我和葛狄儘量表現得像個文明人一樣。但這很難。當我聽到秀格笑時，我眞想掐死她，掌摑××先生的臉。

我這個星期很痛苦。葛狄和我都很沮喪，他抽煙，我禱告。

星期六早上，秀格把妮蒂的信放我膝上，信上有英國胖女皇的郵票，另外還有郵票上有椰子、花生、橡膠樹，是非洲的。我不知道英國在哪？也不知道非洲在哪？所以我還是不知道妮蒂在哪。

他把你的信藏起來了，秀格說。

不會的，我說。××先生有時壞，不過他沒那麼壞。

她說，哼！他壞透了。

他怎麼可以這麼做？我問，他知道妮蒂對我來說是全世界最重要的人。

秀格說她不知道，但我們會找出來。

我們把信封好，又放回××先生的口袋。

他整天穿著他的大衣，他從未提起這事來。只是跟葛狄、哈波和史溫談笑，學怎麼開車。

我仔細看他，我開始感到腦中靈光一現。在我意識到是怎麼回事前，我已經站在他椅子後面，手上拿著他的刮鬍刀。

然後我聽到秀格大笑，好像什麼事太好笑了。她對我說，我告訴過你我要找東西來把指甲上的倒刺弄掉，但亞伯特對他的剃刀很在乎。

××先生回過頭來。放下，他說。女人老是剪這個，剃那個，總是拿著剃刀。

秀格拿過剃刀去。她說，這刀看來不利了。她把它合上放入盒子去。

一整天我像蘇菲亞一樣。自言自語著。我恨不得宰了××先生。在我腦中，他已經倒地死了。等到晚上，我說不出話來。每次我開口，什麼話也說不出來，只有打嗝的聲音。

秀格告訴每個人說我發燒了，她把我送上床。也許是我感冒，她對××先生說，你最好睡到別處去。她整夜陪我，我沒睡著，我也沒哭，我什麼都沒做。我覺得很冷。不久，我想我要死了。

秀格摟著我，有時跟我說話。

我媽媽最痛恨我的一件事是我有多喜歡幹活，她說。我從來不喜歡跟別人的身體接觸，她說。我要親她，她把嘴轉過去。說，別這樣，莉莉，她說。莉莉是秀格的眞名。只因爲她長得甜，所以大家叫她秀格（英文中糖的意思）。

我爸爸喜歡我吻他和摟他，但她不喜歡我這樣。所以當我遇見亞伯特時，我一投入他懷中便出不來了。感覺很好，她說。你知道我跟他生了三個小孩。儘管他很弱，不過他在這方面很行。我的每個小孩都是在家生的，產婦來，牧師來，不少婦女從教堂來。我痛得很厲害時，我都不知道自己名字了，他們一直在談要悔改。

她大笑，我是個大傻瓜，不會悔改的。然後她說，我喜歡跟亞伯特——。

我甚至不想說什麼。我一個人處於安靜中。沒有亞伯特，沒有秀格，什麼也沒有。

秀格說，最後一個小孩出來，他們把我趕出去，我去跟我媽媽在曼斐斯的妹妹住。她跟我一樣，我媽說。她喝酒、打架、她愛男人到死。她在一家旅館做事。煮飯給五十個男人吃，跟五十五個幹活。

秀格說了又說。

還有跳舞，她說，沒人舞跳得像亞伯特那麼好，當他年輕時。有時我們跳上一小時。跳完後，沒事可做，就找個地方躺下來。很好玩，亞伯特很有趣。他一直讓我笑。他怎麼不再有趣了呢？她問。他怎麼再也沒好好笑過了？他怎麼不跳舞了？她說。天哪！世蘭，我愛的人是怎麼回事？

她安靜了一會，然後她說，當我聽到他要娶安妮·朱里的時候我很吃驚。太意外而不感到難過。我真是不相信。何況，亞伯特跟我一樣知道，我們的愛是沒人可比的。我們那種愛是不可能會變的。這正是我想的。

但他太弱了，她說。他爸爸說我是賤人，我媽媽是賤人。他弟弟也這麼說。他想為我們辯護，卻被打回去。他們叫他不要娶我的一個原因是我有小孩。

但這是他的，我告訴老××先生。

我們怎麼知道?他說。

可憐的安妮．朱里。秀格說。她從未有過機會。我是這麼壞，這麼野。我去跟她說，我才不管他娶誰，我要跟他幹。她停下來一分鐘，然後她又說。我也這麼做，我們公開的幹，以致於名聲弄得很壞。

但他也跟安妮．朱里幹，她說，她什麼也沒有，他甚至也不喜歡她，自她結婚後，她的家人便忘了她。接著哈波和其他孩子一個個生出來。最後她跟那個槍殺她的男人睡覺。亞伯特打她．孩子們拖累她。有時我在想，當她死時她在想什麼。

我知道我在想什麼，我心想。什麼也不想。

我跟安妮．朱里一塊上學，秀格說。她漂亮，黑得像什麼一樣，皮膚光滑。一雙大大的黑眼睛像月亮，很甜。我自己都喜歡她。我爲何要這樣傷害她?我有時讓亞伯特一個星期都不回家，她會來求他給錢，給小孩買日用品。

我覺得手上掉下幾滴水。

當我回來這裡時，秀格說，我對你很壞，把你當成佣人，只因爲亞伯特娶了你。我並不要他做丈夫，她說。我從未要他做過我丈夫。只因爲我們有緣在一起，這是命，我不想抗命。但我們兩人在一起，除了肉體的接觸很好外，什麼也沒有。我不知道亞伯特不跳舞了，幾乎也不笑，什麼也不說，打你，把你妹妹妮蒂的信藏起來。他是誰?

我也不知道，我心想。我很高興不知道。

51

親愛的上帝：

我現在知道亞伯特把妮蒂的信藏起來了，我也知道它們放在哪，在他的箱子裡。他重要的東西都放在那個箱子裡，他把箱子緊緊鎖住，但秀格可以弄到鑰匙。

一天晚上，當××先生和葛狄出去後，我們把箱子打開。我們找到不少秀格的內衣，一些噁心的明信片，最下面是妮蒂的信，一疊疊的，有些很厚，有些很薄，有些打開了，有些沒有。

我們怎麼處理？我問秀格。

她說，很簡單。我們把信取出，把信封還留在箱裡，我想他不會來看這裡。

我把火升起，放上水壺。我們把信封用蒸汽蒸開，把信統統拿出來，把信封放回箱子去。

我把這些信排成順序給你，秀格說。

好，我說，但別在這裡做，我們到你和葛狄的房間去。

於是她站起來，我們一起到他們的房間。她坐在床邊的椅子中，妮蒂的信攤在她四周，我坐在床上，把枕頭放在背後。

這些是第一批，秀格說。這上面有郵戳。

52

第一封寫道。

最親愛的世蘭：

你得抵抗，離開亞伯特，他不好。

當我離開你家時，他騎馬跟來，等我們走到看不見房子時，他追上我，開始跟我說話。你知道他怎麼做，妮蒂小姐，你看來很好，說這一類的話。我不理他，繼續快走。但我的行李太重，太陽又熱。當我得停下來休息時，他從馬上下來要吻我，把我拖到樹林裡。

我開始反抗，所幸有上帝的幫助，我傷他傷得很厲害，他只好罷手。但他很氣。他說因爲我這麼做，他不讓你跟我通信，你也不會接到我的信。

我氣得發抖。

總之，我搭到別人的便車進城。那個讓我搭便車的人告訴我××牧師住的地方。令我驚異的是那個來應門的小女孩，有一雙你的眼睛，一張你的臉。

愛你的

妮蒂

53

第二封寫道。

最親愛的世蘭：

我想期望你來信是太早了一點。我知道你有多忙，要侍候××先生的小孩。但我很想念你。請寫信給我，只要你得空了。我每天都在想你，每一分鐘。

那位你在城裡遇見的女士叫柯琳。那個小女孩叫奧莉薇。她丈夫的名字叫撒母耳。小男孩的名字叫亞當。他們是很虔誠的教徒，對我非常好。他們住在教堂旁邊一幢很好的房子，撒母耳在這裡傳教。我說，我們，因爲他們做任何事都把我包括進去，所以我不覺得自己是外人。

但是，天哪！我想念你，世蘭。我想到你爲我的犧牲。我全心全意的愛你。

你的妹妹

妮蒂

54

接下來的信寫道。

最親愛的世蘭：

我現在要發瘋了，我想到亞伯特告訴我的話，他不會把我的信給你。唯一可以幫助我們的人是爸，但我不想讓他知道我在哪。

我問撒母耳可不可以去看你和××先生，看看你好不好。但他說他不能冒險去把自己放在你們中間，特別是在他不認得你們的情況下。我覺得叫他去是很爲難的，他和柯琳對我是這麼好。但我的心碎了，因爲我在這你的妹妹找不到工作，我得離開。我離開後，我們會怎麼樣？我們如何知道這一切是怎麼一回事呢？

柯琳和撒母耳和孩子們是美國和非洲傳教協會的傳教士，他們被派到西部的印地安村落去傳教，現在被派到這你的妹妹來照顧窮人。這些都是他們到非洲傳教前的準備工作，他們認爲他們天生是爲了去非洲傳教的。

我不願離開他們，因爲在短短的時間中，他們已成了我的家人。

如果你能寫信來的話，寫給我。茲附上一些郵票。

愛妳的

妮蒂

55

這一封信很厚，距上一封信有兩個月。

最親愛的世蘭：

我在去非洲的船上幾乎每天寫一封信給你，但等我下船時，我是這麼沮喪，我把所有的信都撕了，扔到水裡去。亞伯特不會把我的信給你，我寫了又有何用？所以我把信撕了，讓波浪帶給你。但現在我又感受不同了。

我記得有一次你說你的生活令你感到萬分慚愧，以至於你不敢跟上帝說話，你得用寫的，儘管你認爲你寫得很差。現在，我知道你是什麼意思了。不管上帝是否看到這些信，我知道你還是會繼續寫下去，這是對我而言是一個很清楚的指示。當我不寫信給你時，我覺得很難過，就像我不禱告一樣，我把自己關在房內，心糾結在一起，我是這麼寂寞，世蘭。

我會到非洲的原因是原先一位要去非洲幫助撒母耳和柯琳設立學校的傳教士突然結婚了，他丈夫不讓她去，拒絕跟她去非洲。於是多了一張船票，卻沒有傳教士要去。同時我也找不到工作，但我從未夢想去非洲，我甚至沒想過它是一個眞正的地方，儘管撒母耳、柯琳，甚至小孩們一直在談。

畢士禮小姐以前說那兒都是不穿衣服的土人。甚至柯琳和撒母耳也這麼想。但他們知道的比畢士禮小姐更多，也比任何我們的老師多，他們談到他們可以為這些被蹂躪的人做很多事。這些人需要基督和好的醫療。

一天，我跟柯琳在城裡時，我們看到市長太太和她的女佣。市長太太在買東西，進進出出店裡，她的女佣在街上等她，拿著包裹。我不知道你看過市長太太沒有。她看來像一頭落水的貓。她的女佣一點也不像個會侍候人的人。

我跟她說話。但我跟她說話似乎會使她尷尬，她突然之間把自己抹掉了。這眞是最奇怪的事，世蘭，我前一會功夫才跟一個活的女人說你好，這會功夫就不見她了。

我整個晚上在想這件事，撒母耳和柯琳告訴我他們聽到她是如何做市長女佣的。她打市長，然後市長和他太太把她從監獄裡弄出來，到他們家做工。

到了早上，我開始問有關非洲的問題，看所有撒母耳和柯琳有的書。

你知道非洲有比密樂基維爾或亞特蘭大還大的城市嗎？在好幾千年以前。建金字塔，奴役以色列人的埃及人是有色人種嗎？那個埃及就在非洲？我們在聖經談到的衣索匹亞意謂著整個非洲？

我拚命的看，直到我的眼皮快垂下來爲止。我讀到非洲人把我們出售，只因爲他們愛錢勝過他們自己兄弟姊妹。我們是怎麼被弄到船上運到美洲的，我們是怎麼被奴役的。

我沒想到我是這麼無知，世蘭。我對我自己的了解還不夠塡滿一根針。我想畢士禮小姐常說我是她教過最聰明的小孩，但有一件事我要感謝她，她教我讀書寫字，讓我有強烈的求知慾。因此當撒母耳和柯琳問我是否願意跟他們去，幫助他們在中非洲建立一所學校，我說願意。但要他們教給我他們知道的一切事情，使我成為一個有用的傳教士，一個不讓他們丟臉的朋友。他們同意這個條件，我眞正的教育便從那時間開始。

他們信守諾言，我白天晚上都在讀書。

哦！世蘭，這世界上有不少有色人種要我們求知、要我們成長和看到光，他們不都像爸和亞伯特那麼壞，或像媽那樣被打。柯琳和撒母耳的婚姻是美滿，他們唯一的遺憾是他們沒有小孩，但上帝送給他們奧莉薇和亞當。

我本來要說，上帝把他們的阿姨送來給你們，但我沒說。上帝送給他們的小孩是你的小孩，世蘭。他們是在愛、基督的憐恤和對上帝的認知中長大的。現在上帝派我來看著他們、保護他們、愛他們，把我對你的愛發揮在他們身上。這眞是個奇蹟，不是嗎？諒你不會相信的。

但話又說回來，如果你相信我人在非洲，你就會相信這一切的事。

你的妹妹

妮蒂

接下來的一封信。

最親愛的世蘭：

我們還在城裡時，柯琳買布回來給我做兩套旅行裝。一件是橄欖綠，另一件是灰色的。長裙子、白布襯衫，有花邊靴子。她還買了一頂有格子帶子的草帽給我。

雖然我替柯琳和撒母耳做事，照顧小孩，但我不覺得自己像佣人。我想因為他們教我，我教小孩，教和學和工作是沒有開始，沒有結束的，都是在一起的。

跟我們的教堂說再見是很難的，但也很快樂，每個人都對非洲有很高的寄望。講壇上寫著：衣索匹亞向神伸出它的手，衣索匹亞就是非洲，在聖經中所有的衣索匹亞人都是有色人種。但我從未想到這點，儘管看聖經時，它是寫得那麼清清楚楚。只要你注意看，只是在聖經中的圖畫愚弄了你。這些圖畫裡的人都是白色的，所以你以為聖經裡的人都是白的。但在聖經中的時代，眞正的白人是住在其他地方的。所以聖經說基督的頭髮像羊毛，世蘭，羊毛不是直的，它也不是綣的。

我可以告訴你紐約，或載我們到這兒的火車。火車上有床，還有一個餐廳！還有廁所！床貼在壁上。只有白人可以坐臥舖，用餐廳。他們用的廁所和黑人不一樣。

在南卡洛林那的月臺上，一個白人問我們上哪，我們從火車上下來透透氣，把我們衣服上的灰撣掉。當我們說非洲時。他覺得很有趣。黑鬼上非洲，他對他太太說。現在我看到一切的事了。

當我們到紐約時，我們又累又髒，但很高興！聽著，世蘭，紐約是一個美麗的城市。黑人集中住在一個地區，叫做哈林。黑人開著比我想像還要摩登的車，住的房子比家鄉中任何白人住得還要好。這兒有一百多座教堂！我們每間都去。我跟撒母耳、柯琳和孩子們站在會眾前，有時我們因哈林區人的熱心和善良而感動得目瞪口呆的。他們生活得是這麼美麗和尊嚴。世蘭，他們不斷地給，只要是提到「非洲」這個名字。

他們愛非洲。只要我們把帽子遞過去，每次都是滿載而回，甚至連小孩也捐出他們的零用錢來。請把這些錢給非洲的小孩，他們說。他們穿得這麼美，在哈林，男孩女孩現在都流行穿球鞋，還有一種寬大的褲子，膝以下的是緊的，女孩頭髮上戴著花環。他們一定是最美的孩子，亞當和奧莉薇一直看著他們。

他們邀我們去吃早飯、中飯和晚飯，我胖了五磅。我太興奮了，以至於沒吃到什麼。

每個人家裡都有廁所，有煤氣還有電燈。

我們學了兩週歐林卡方言，因爲這地區的人說這種方言。然後由醫生（是黑人！）給我們檢查身體，並給我們一些藥品，紐約的傳教協會是由白人主持的。他們沒說關心非洲的話，他們只談到責任。已經有一位白人傳教士住在距我們村子不遠的村子，她在非洲住了二十年。聽說土人很愛戴她，儘管她認爲他們跟她所謂的歐洲人不一樣。那是白人的家鄉，她說一朵非洲雛菊和英國雛菊都是花，但卻是完全不同的。協會中的一個人說她是成功的，因為她不嬌慣她負責的人。她也說他們的話。他看著我們，好像我們不會做得比這個女人更好。

我到協會後，精神為之低落不少，因為每面牆上都有一個白人的照片，有人叫史塔克，有人叫李文斯頓，有人叫丹利，或是史丹利？我找那個白人女人的照片，但沒找到。撒母耳似乎也有點悲哀，然後他又振奮起來，提醒我們。我們有一項有利的條件。我們不是白人，我們不是歐洲人，我們跟非洲人有同樣的目的；那就是提高全球黑人的地位。

你的妹妹

妮蒂

57

最親愛的世蘭：

撒母耳是個大塊頭的人。他大多數時候是穿黑衣服，除了頸上套著白色的牧師領外。當你看他時，會以爲他是個嚴肅，甚至是兇惡的人，但他有一雙最有思想和溫和的棕色眼睛。他說的話都會做到，他絕不說他做不到的事。他也絕不會打消你的興致或傷害你的感情。柯琳是個幸運的女人，能找到他做丈夫。

不過讓我告訴你那條船！船名叫馬拉嘉，有三層樓高！我們的房間有床，（叫做艙）。哦！世蘭！躺在床上像躺在大洋裡一樣！說到大洋！比你想像的還要大。我們花了兩週才渡過大洋！然後到了英國。這個國家全是白人，其中有些人很好，他們有反奴隸和傳教協會。英國的教會也急於幫助我們，那些看來跟家鄉一樣的白人男女，邀我們到他們的會所去，請我們到他們家喝茶，談我們的工作。（茶）對英國人而言是室內的野餐。不少三明治、餅乾，當然還有熱茶，我們都用同樣的杯子和盤子。

每個人都說我做傳教士太年輕了，但撒母耳說我是自願的，不過，我主要的任務是照顧小孩，做一、兩班幼稚園。

我們的工作在英國變得比較清楚，因爲英國派傳教士到非洲、印度和中國已有一百多年的歷史。他們帶回來好多東西！我們花了一個早上去參觀他們的一座博物館。裡面堆滿了珠寶、家具、地毯、劍、衣服，甚至所有他們去過國家的墳墓。他們從非洲帶來許多的花瓶、罐子、面具、碗、籃子、雕像，是這麼的美麗，讓人很難想像做這些東西的人都不在了。不過英國人告訴我們他們都不在了。雖然非洲一度比歐洲文明，（英國人沒這麼說，這是我從一個名叫羅傑斯的人寫的書中看到的。）但有好多世紀，他們是處於苦難中。「苦難的時代」是英國人在談到非洲時愛用的句子，很容易讓人忘記非洲的苦難時代是被他們搞得更苦難。成千上萬的非洲人被逮捕，當成奴隸販賣到各處，其中包括你和我，世蘭！整個城市被逮捕奴隸的戰爭給摧毀。今天，非洲人——他們最強壯的親人不是被賣爲奴便是被殺——爲疾病所苦，陷入精神和身體的混亂中。他們相信魔魂，崇拜死人，他們不識字也不會寫字。

他們爲何賣我們？他們怎能這麼做？我們爲何還要愛他們？每當我們在倫敦冷冽的街上走著時，這些都是我時常想到的事。我研究地圖上的英國，這麼整齊和安寧，我希望我能爲非洲效力。我們在七月二十四日離開英國的南漢浦頓前往非洲，於九月十二日到達賴比瑞亞的蒙洛維亞，我們中途在葡萄亞的里斯本和塞內加爾的達卡停留過。

蒙洛維亞是最後一處我們處於我們習慣的人中。這個非洲國家是由來自美國的以前做奴隸的人建立的，他們回到這裡過活。我在想，他們的父母，祖父母是否從蒙洛維亞被賣出的。他們的感覺是什麼？他們會被賣爲奴，現在回來統治這個國家，跟那個買他們的國家維持親密的關係。

世蘭，現在得停筆了。太陽現在沒那麼熱，我要準備下午的功課和晚禱。
我希望你跟我在一起，或我跟你。

我愛你

你的妹妹

妮蒂

58

最親愛的世蘭：

在我對非洲一瞥後，在蒙洛維亞停留成了最有趣的事。這兒是塞內加爾，塞內加爾的首都是達卡。他們說自己的語言，塞內加爾和法語。他們是我看過最黑的人，世蘭，他們是我們說過比黑還黑的人。他們是這麼黑，所以黑得發亮。

世蘭，你去想像，整個國家都是這麼黑、這麼亮的人，穿著明亮的藍袍子，上面繡著像漂亮的棉被上的圖案。高而瘦、頸子長，背脊挺直，你能想像嗎？世蘭，我覺得我好像第一次看到黑色。還有一件很奇怪的事，由於黑得這麼黑，所以使人目眩，他們的皮膚不論在月光下或太陽下都是發亮的。

但我並不喜歡我在市場上遇見的塞內加爾人。他們只在乎他們賣的東西，如果我們不買，他們便不理我們，一如不理住在這裡的白種法國人一樣。我沒想到非洲會有白人，這兒有不少，並不是所有的人都是傳教士。

蒙洛維亞也有不少，總統姓杜伯門，他的內閣中也有一些白人，他也有許多像白人的有色人種在他的內閣中。我們在蒙洛維亞的第二天晚上是在總統官邸喝茶，很像美國的白宮。（那兒是我們總統住的地方），撒母耳說。總統談到他努力要發展這個國家，以及土著不肯幫忙把這個國家建設起來的困難。這是我第一次聽到一個黑人用土著這個字。我知道除了白人外，所有的有色人種都是土著。但他說他所謂「土著」是指對賴比瑞亞而言。我沒看到他的內閣中有什麼這種「土著」，也沒有一個內閣閣員的太太可以稱之爲土著的。

比起他們穿的綾羅綢緞、珍珠來，我和柯琳只算是穿了衣服，更別說我們穿的衣服適不適合這種場合。我想我們在官邸看到的女人，都花很多的時間在服飾上。但他們還是不滿意，不像我們偶爾看到的快樂的學校老師，當他們帶著他們的學生到海灘去游泳時。

在我們離開前，我們去參觀一處很大的可可亞栽培場，極目望去都是可可亞樹。整個農莊建在田野中間，我們看著疲累的農夫從樹林裡回來，手上還拎著裝可可亞的桶子。如果是女人的話，背上還背著孩子。儘管他們很累。他們還在唱歌，世蘭，就像我們在家一樣。爲什麼疲累的人愛唱歌？我問柯琳。她說，因爲太累而不能做其他事了。可可亞田並不是他們的，甚至不是杜伯門總統的。據說是荷蘭那些製造荷蘭巧克力的。還有監工在監督他們是否努力工作，監工住在農場角落的石造房子中。

我又要走了。每個人都上床了，只有我在燈下寫信。但燈光吸引了許多蝨子，害我被咬。我被咬得到處都是，包括我的頭皮和腳底心。

但——

我告訴過你我第一眼看到非洲的海岸時的感覺嗎？令我感到震撼，深入我的靈魂，像是一個大鐘在敲著，我被振動著。柯琳和撒母耳有同樣的感覺。我們就跪在甲板上，感謝上帝讓我們看到我們父母日夜思念的土地——我們祖先生與死的地方。

哦！世蘭！我能把全部的事都告訴你嗎？我不敢問，我知道，只有交託給上帝。

永遠愛你的妹妹

妮蒂

59

親愛的上帝：

我又震驚，又哭，又擤鼻子的，想要理解我們不懂的話，花了好久的時間才看完頭兩、三封信。等到我們看到她很好，定居在非洲時，××先生和葛狄回來了。

你能應付得來嗎？秀格說。

我如何能忍住不宰他，我說。

別殺他，她說，妮蒂不久就回來了。別讓她去看你像我們去看蘇菲亞一樣。

但這很難，我說。秀格把她的箱子騰空，把信裝進去。

對基督而言也很難，秀格說。但祂忍過去了，記住這點。不可殺人，祂說。

但××先生不是基督，我不是基督，我說。

你對妮蒂來說是重要的，她說。如果你在她要回來時做出什麼事來，她會生氣的。

我們聽到葛狄和××先生在廚房，傳來盤子的聲音，冰櫃的門打開又關上。

不，我想我若殺了他會好過點，我說。我現在很難過，痲木。

不，你不能這麼做，沒人會在殺了人後好過些。

總比什麼都不做要好。

世蘭，你要擔心的人不只是妮蒂。

你說什麼？我問。

我，世蘭，多想到我一點。如果你殺亞伯特，我只剩下葛狄了，我會受不了。

我大笑，想到葛狄的大牙齒。

要亞伯特從現在起，在你在這兒時，讓我跟你睡，我說。

她辦到了。

60

親愛的上帝：

我們像姊妹一樣睡在一起，我和秀格。

她把我從上打量到下，我們來給你做條褲子。

我要褲子做什麼？我說，我不是男人。

但你沒有合適的衣服，你的衣服也沒樣子。

我不知道，我說。××先生不會讓他太太穿褲子。

有何不可？秀格說。你做這麼多事，你要犁田，你穿裙子怎麼犁田。

還有一件事，我以前穿亞伯特的褲子，在我們約會時，他還有一次穿我的衣服。

不，他不會的。

他有。他以前很有趣，不像現在這樣子。他喜歡看我穿褲子，像是用紅旗來鬥牛。

啊，我說。我可以想像，但我一點也不喜歡。

你知道是怎麼一個情形，秀格說。

我們要怎麼做，我說。

我們得找某人的一套軍服來著手，秀格說。料子結實，而且免費。

傑克，我說。歐迪莎的丈夫。

好吧，她說，我們以後每天讀妮蒂的信和縫衣服。

我心想，我手中拿的是針而不是剃刀。

她沒說什麼，只是走過來摟我。

61

親愛的上帝：

現在我知道妮蒂活著，我開始有點高視闊步。心想，等她回來，我們就離開這裡。她和我，還有我們的小孩。我不知道他們長得什麼樣子？但很怕去想他們。我覺得丟臉的感覺勝過愛，說實話。他們好嗎？聽話嗎？秀格說：亂倫的孩子會變笨，亂倫是魔鬼的計謀。

但我想到妮蒂。

這兒熱，世蘭，她寫道。比七月還熱，比八月加上七月還熱，熱得像在七、八月正午，在小廚房的一個大爐子上煮飯。

親愛的世蘭：

我們在船上認識一個非洲人，他來自我們要定居的村子。他是基督徒，名字叫約瑟夫。他矮胖，一雙手好像沒骨頭一樣。當他握我的手時，好像什麼又軟又濕的東西落下來，正好被我接住。他會說一點英語，他們叫洋經濱英語。跟我們說的很不一樣，但有點熟悉。他幫我們把東西從大船上卸到小船。這些小船是眞正的獨木舟，像你在圖畫上看到印地安人那種。我們所有的東西，塞滿了三條獨木舟，第四艘載著我們的藥品和教學用具。

我們一上船後，船夫便一面唱歌，一面把船划向岸邊。他們根本不注意我們和我們的東西。當我們到岸邊時，他們也不幫我們把東西拿上岸，有些東西就放在水中。撒母耳給他們小費後，他們一鞠完躬，立刻又去接另一批等在岸邊的客人。約瑟夫說小費給多了。

港口很漂亮，但太淺，大船進不來。於是在船來的季節，這些船夫的生意很好。這些船夫都比約瑟夫塊頭大，肌肉發達，不過所有的人，包括約瑟夫在內都是深棕色，不像塞內加爾人是黑色。他們都有最結實、最乾淨、最白的牙齒。我在船上一直想到牙齒是因爲我的牙齒一直在痛，你知道我的臼齒有多糟。在英國，我很驚訝英國人的牙齒，這麼的彎，通常都有齒垢，我在想是不是跟英國的水有關。但非洲人的牙齒讓我想起了馬的牙齒，是這麼整齊和健壯。

港口的城市跟我們家鄉的五金店一樣大。裡面堆著布料，防風燈、油、蚊帳、露營的用具、吊床、斧頭、鋤頭、彎刀和其他工具。整個地方是由一個白人經營的，但有些攤子是出租給非洲人的。約瑟夫告訴我們該買些什麼東西。一個大鐵壺用來燒開水和煮我們的衣服。一個鋅浴盆、蚊帳、釘子、鎚子、鋸子、斧頭、油和燈。

由於港口沒住的地方，約瑟夫替我們雇了一些腳夫，直接到歐林卡去。約四天的行程，要穿過灌木叢，在你看來是叢林。你知道什麼是叢林嗎？樹疊樹，樹上有樹，而且很大。大得像是建造出來的。還有蔓藤、蕨類、小動物、青蛙、蛇。約瑟夫說的。感謝上帝，所幸我們沒看到蛇，只有拱著背的蜥蜴，大得像你的手臂，這兒的人都把它們抓來吃。

他們喜歡肉。村子裡所有的人，有時你若使喚不動他們，你只要提到肉，給他們一點就行。如果你要他們做多一點的事，你只要提烤肉，是的，來一次烤肉，他們使我想起家鄉的人。

我們到這裡來時，由於一路上背著吊床，我想我屁股上的疼痛一輩子也不會消除了。村子裡的人都跑過來圍著我們。他們從圓形的小茅屋跑出來，我以為屋頂上是草，卻是一種葉子，到處都有得生長。他們撿起來，晒乾後，疊在屋頂上，這是女人的工作。男人打樁，有時幫著用泥巴和從溪裡撿的石頭來建牆壁。

你從未看過這麼好奇的臉。有一、兩個女人摸我和柯琳的衣服，我的裙襬因拖在地上，做了三個晚上露天的飯而很髒。我覺得很丟臉，但我看到他們穿的衣服，個個都像被院子裡的豬給拖過似的，衣服也不合身。他們走上前來一點，但沒有一個人說話，摸著我們的頭髮，又看看我們的鞋子。我們看著約瑟夫，他告訴我們他們有這種表現是因為以前的傳教士是白人。那些來做生意的也是白人，所以他們知道白人不只是做傳教士。但女人們從未去過港口，他們看過的唯一白人是傳教士，他們在一年前把他埋葬了。

撒母耳問他們是否看過廿哩外一位白人女傳教士，他們說沒有。若要經過叢林，廿哩是很長的路程。男人也許會到村子十哩外的地方打獵，但女人只待在他們屋子和田裡附近。

其中一個女人問問題，我們看著約瑟夫。他說那女人要知道小孩是我的還是柯琳的，或是我們兩人的。約瑟夫說是柯琳的。那女人看著我們，又說了一些話。我們看著約瑟夫。他說那女人說兩個小孩像我，我們禮貌地笑了。

另一個女人也有問題，她要知道我是否是撒母耳的太太。約瑟夫說不是，我是傳教士，跟撒母耳和柯琳一樣。有人說他們沒想到傳教士會有小孩，另一個說他沒想過傳教士會是黑人。

然後有人說。新的傳教士會是黑人，其中兩個女人正是他昨晚夢到的。

現在有許多騷動。小孩開始從母親的裙子後面鑽出來，或從大姊姊的肩頭鑽出來。我們算了一下村民，約有二百人。我們來到一個地方，沒有牆，只有一片樹葉屋頂，我們都坐在地上，男人在前面，女人跟小孩在後面。一些老人竊竊私語，聲音很大，很像家鄉中教會中的長者，穿著寬大的褲子，不合身的外衣。黑人傳教士喝椰子酒嗎？

柯琳看看撒母耳，撒母耳看看柯琳。但我和孩子們已經喝了，因為有人把棕色的小黏土杯子放在我們手中。我們太緊張，不敢不喝。

我們到那兒約四點，坐在樹葉做的篷子下面到九點。我們的第一餐飯是在那兒吃的，一隻雞和煮花生，我們用手吃。但大多數時候我們聽歌，看跳舞，跳舞時揚起許多灰塵。

歡迎儀式最重要的部分是有關樹葉屋頂的故事，約瑟夫告訴我們說一個村民正在說這是怎麼建造起來的。村民認為他們的祖先一直是住在村子現在的地點，這個地點風水好。他們開墾樹薯田，結果收成很好。他們種花生也是一樣。他們種山芋、棉花和玉蜀黍。所有的東西收成都好。很久以前，有一次，村裡有個人要比他那份更多的田來種東西，他要更多的收成好跟岸邊的外國人交換東西。因為他那時是酋長，他逐漸占有愈來愈多的公地，娶更多的太太來工作。他的貪心增加，他開始開墾樹葉屋頂生長的地方。即使他的太太們都不滿，想要抱怨，但因她們是懶女人，沒人注意她們。那時也沒人記得屋頂樹葉什麼時候不存在了，因爲它們太多了。但最後，貪心的酋長開墾的地太多了，連長者都不高興了。於是他用買的，用斧頭、衣服和鍋來換地，這些東西都是他從海邊的商人那裡買來的。

雨季時，來了一場大暴風雨，摧毀了所有茅屋的屋頂，人們很驚惶的發現他們再也找不到任何屋頂樹葉了。以前生長屋頂樹葉的地方，現在都變成玉米、花生、山芋田了。

有六個月之久，太陽和風肆虐著歐林卡的村民，雨像箭一樣打下來，刺穿他們的泥牆。風是這麼大，把牆壁的石頭都吹跑，吹進人們的鍋中。從天上掉下來像洋芋球一樣大的冰石頭，打在每個人身上，讓他們發燒。孩子們先生病，然後是他們的父母。不久村民開始死亡，等雨季結束後，只剩下一半的村民了。

人們禱告神，不耐煩的等著季節轉換。等雨停後，他們連忙衝到屋頂樹葉生長的地方，看看老根還在不在，以前有無數的老根，現在只有十幾個。經過了五年，屋頂樹葉才又變多了。在這五年中，有更多的村民死掉，很多人走了，不再回來。許多人被野獸吃掉，許多，許多人生病了。酋長被迫交出他向店裡買的用具，並且要他永遠離開村子，他的太太們分給其他男人。

等所有的茅屋又有屋頂後，村民以唱歌、跳舞和說屋頂樹葉的故事來慶祝，樹葉屋頂成了他們崇拜的東西。

我們望著桌子的盡頭，我看到一個東西慢慢走向我們，一個大得像屋子一樣棕色尖尖的東西過來，有十幾條腿在它的下面小心慢慢的走著。等它到了後，我們才看出那是我們的屋頂，是送給我們的。

它到了後，大家都向它鞠躬。

在你們之前的白人傳教士不准我們舉行這個儀式，約瑟夫說。但歐林卡人很喜歡。我們知道樹葉屋頂不是耶穌基督，但以它的謙卑，它不也是神嗎？

於是我們坐在那兒，面對歐林卡的神。世蘭，我好累、好睏，肚子塞滿了雞和花生，我的耳邊響著歌，我覺得約瑟夫說的話有道理。

我不知道你處在這種情況會怎麼樣？

我給你我的愛。

你的妹妹

妮蒂

62

親愛的世蘭：

過了好久才有時間寫信給你。跟往常一樣，不論我做什麼，我都會寫信給你。在做晚禱的時候，在煮飯的時候，親愛的，親愛的世蘭。我想像你眞的收到了我的信，你正在回信給我：親愛的妮蒂，我過得就是這種生活。

我們早上五點起來，吃一餐簡便的早飯，玉米粥和水果，然後是早上上課。我們教小孩英文，讀，寫，歷史，地理，算術和聖經故事。到了十一點，我們吃中飯和整理家務。下午一點到四點太熱而動不了，有些母親坐在他們的茅屋後面縫衣服。到了四點，我們教較大的孩子；晚上，我們教成年人。較大的孩子習慣到學校來，但較小的不習慣，被他們的母親拖來，又叫又踢的。他們全是男孩，奧莉薇是唯一的女孩。

歐林卡的人認爲女孩不用受教育。當我問一個母親她爲何這麼想，她說，女孩什麼都不是，只能嫁雞隨雞，妻以夫貴。

她會變成什麼？我問。

他孩子的母親呀！她說。

但我不是任何孩子的母親，我還是有用呀！我說。

你沒什麼，她說，只是傳教士的佣人。

說眞話，我在這兒的辛苦遠超過我能想像的，我打掃學校，做完禮拜後收拾東西，但我不覺得我是一個佣人。我很訝異，這女人，她的聖名是凱瑟琳，竟會這樣看我。

她有個小女孩名叫太茜，在奧莉薇下課以後跟她玩。亞當是唯一在學校裡跟奧莉薇說話的男孩。他們對她不壞，只是因爲她在做男孩們做的事。不過你別擔心，奧莉薇有你的固執和明見。她比他們都聰明，包括亞當在內，他們加起來也沒她聰明。

太茜爲何不能上學？她問我。當我告訴她歐林卡人不相信女孩應受教育時，她很快說，他們像國內的白人，他們不要黑人受教育。

她眞厲害，世蘭，每天晚上，當太茜做完所有她母親叫她做的家事後，她和奧莉薇偷偷地溜到我的茅屋，奧莉薇把她學到的一切東西都教給太茜。對奧莉薇而言，太茜便是非洲。這是她遠渡重洋要找的非洲。對她而言，這一切都是艱難的。

例如，蟲子，咬得她很難過，她晚上睡不好，因爲森林中的吵雜聲嚇到她。她過了很久才習慣這兒的食物，雖然有營養，卻談不上好吃。村裡的女人輪流煮飯給我們吃，有些很乾淨，也很用心；有些不然。奧莉薇最不喜歡酋長太太們煮的飯。撒母耳認爲也許是她們用的水，她們用另一個泉水，即使在乾季，那泉水也很清澈。不過我們其餘的人沒影響，奧莉薇不喜歡那些太太們煮的飯，也許是因爲她們看來都不快樂，工作又辛苦。每次她們看到她，她們總是說有一天她會成爲她們最小的姐妹，做酋長的太太。這只是一個笑話，她們喜歡她，但我希望她們不要這麼說。儘管她們很不快樂，工作辛苦得跟驢子一樣，她們還是認爲做酋長太太是光榮的。他挺著大肚子，成天走來走去，跟巫醫聊天和喝椰子酒。

她們爲何說我會做酋長太太？奧莉薇問。

它是她們所能想到最好的地位，我告訴她。

他胖，一嘴亮閃閃的大牙。她想她晚上會做有關他的惡夢。

你長大會成爲一個強壯的基督徒，我告訴她，一個能幫助她的同胞前進的人。你會做一個老師或護士，你會旅行各處，你會認得許多比酋長還偉大的人。

太茜會嗎？她要知道。

會的，我告訴她，太茜也會。

柯琳今早告訴我，妮蒂，爲了讓這些人的腦子不會搞糊塗，我想我們該稱兄道妹。這些人總是弄不清楚，老以爲你是撒母耳另外的太太，我不喜歡這樣，她說。

自從我們來的第一天，我便注意到柯琳改變了。她沒生病，她跟以前一樣努力工作，她還是好性情。但有時我感覺到她的精神在受試煉，她心中有事。

沒問題，我說，我很高興你提出來。

別叫孩子叫你妮蒂媽媽。她說，甚至在玩的時候。

這使我有點爲難，但我沒說什麼。孩子們叫我妮蒂媽媽，是因爲我跟他們相處太熟了。但我從未想取代了柯琳的位置。

還有一件事，她說，我們不要互借對方的衣服。

她從未向我借過衣服，因爲我根本沒多少。但我一直向她借東西。

這樣你覺得心安嗎？我問她。

她說是的。

我希望你來看著我的茅屋，我愛極了它。不像我們的學校是正方形的，也不像我們的教堂是沒有牆的，只有一個圓的樹葉屋頂。我在泥牆上掛著歐林卡人做的盤子、草墊，還有一塊部落的布。歐林卡人織的布非常美麗，是用手工的，他們還用樹幹、黏土、莓子、靛藍來染色。中間是我用石蠟做的灶，另一邊是我的床，上面掛了蚊帳，看來像是新娘的床。我還有一張小小的寫字檯，我就在上面寫信給你，還有一張凳子。地上有草墊子，整個房子五彩繽紛，給人溫暖和親切的感覺，我唯一的願望是能有一扇窗子。村裡的茅屋都沒有窗子，當我跟那些女人提到窗子，她們都笑起來。因爲有雨季，想裝窗子是荒唐的念頭。但我決定要開扇窗，即使每天有雨水打進地上。

我願意用所有的東西來換一張你的照片，世蘭。在我的箱子裡有許多像片，是英國和美國的傳教協會給我們的。有基督的像，使徒的、聖母瑪麗亞的、釘十字架的、李文斯頓的、史丹利的、史懷哲的。也許有一天我會把這些像掛起來。

有一次，我把它們掛在牆上的那塊布和遮牆的草蓆上，使我覺得自己渺小和不快樂，於是我把掛像拿下來。即使是基督的像，放在其他地方很合適，唯獨放在這兒很奇怪。學校裡當然有這些掛像，聖壇後也掛了許多基督的像。我想，這夠了，不過撒母耳和柯琳在他們的茅屋中掛著聖像和十字架。

你的妹妹

妮蒂

63

親愛的世蘭：

太茜的父母來了。他們很生氣，因爲太茜花太多時間跟奧莉薇在一起。她改變了，變得安靜和太有思想了，他們說。她變成了另一個人；她的臉開始像她一個姨媽，她被賣給商人，因爲她再也不適合村子裡的生活。這位姨媽拒絕嫁給爲她安排的男人，拒絕向酋長行禮。什麼都不做，只是躺著，用牙齒咬碎可樂椰子和咯咯笑。

他們要知道奧莉薇和太茜在我的茅屋裡做什麼？在其他女孩幫他們母親做事的時候。

太茜在家懶惰嗎？我問。

父親看著母親。她說，不懶；相反的，太茜做起事來比任何女孩都認眞。她很快做完她的工作，但這是因爲她想跟奧莉薇在一起。她知道我教給她的一切事情，好像她早已知道了，她母親說，但這些知識沒進入她的靈魂中。

這位母親似乎很困惑和害怕。

她父親，看來生氣的樣子。

我心想：啊！太茜學到一種她從未過過的生活方式。但我沒這麼說。

世界在改變了，我說，不再是一個只以男孩和男人為大的世界。

我們的女人在這兒是受尊敬的，做父親的說。我們絕不會讓她們像美國女人那麼賤。總有人會照顧歐林卡的女人；父親、叔伯、兄弟、子姪。你不要生氣，妮蒂姐妹，但我們的人憐恤像你這樣的女人，被放逐到一個你不知道的世界裡，你在這個世界要一個人為自己奮鬥。

原來我成了一個被人憐恤和輕視的對象了，我心想，不論是對男人而言，或對女人而言。

太茜的父親說，我們不是笨蛋，我們知道有些地方的女人過著跟我們女人不同的生活方式，但我們不贊成我們的孩子們過這種不同的生活。

但生活在改變，即使是在歐林卡，我說，我們在這兒。

他呸了一下，你們是什麼？三個大人和兩個小孩。到了雨季，你們中有人也許會死。你們的人在我們的氣候中是活不久的。如果你不死，你也會因生病而變衰弱的。我們看過這種情形，你們基督徒到這兒來，努力想改變我們，結果生病回英國去，或回你們來的地方。只有海邊那個生意人留下來，即使他也不是原先那個白人，他們也是來來去去的。我們知道，因為我們送他們女人。

太茜非常聰明，我說。她可以做一個老師，一個護士，她可以幫助村民。

這兒沒地方給女人做這些事，他說。

那麼我們該走，我說，柯琳姐妹和我。

不，不，他說。

只教男孩？我問。

是的，他說。以爲我的問話是一種同意。

這裡的男人對女人說話的樣子，使我想起了爸：他們在女人說話時甚至不看女人。他們只看地，低著頭。女人也不看男人的臉，看男人的臉是厚臉皮的事。他們只看他的腳或膝。我覺得這正是我們對爸的態度。

下次太茜到你這兒來，你就把她送回家，她父親說。然後他微笑道，你的奧莉薇可以來看她，學一些女人該做的事。

我也微笑。奧莉薇一定知道如何進行她的教育工作，我心想，他的建議是個大好的機會。

再見，親愛的世蘭，這是一個可憐的，被放逐的女人，在雨季來臨時也許會死的人寫給你的信。

愛你的妹妹

妮蒂

64

親愛的世蘭：

開始時，森林裡有很輕微的動靜。一種低哼。然後是砍木柴和拖木柴的聲音。然後是一種味道，一種煙味，幾天都不散。有兩個月之久，當我或孩子們或柯琳生病時，我們都會聽到砍、刮和拖的聲音。每天都聞到煙味。

今天，我下午班的一個男孩一進門便大叫道，路來了！路來了！他跟他父親到森林打獵時看到的。

每天，村民都聚集在靠近樹林的樹薯田邊，看著築路。有些人帶著板凳，有些人蹲在地上，都咬著可樂椰子，或在地上畫花樣，我對他們湧出一股愛來。每天他們會塞給築路工人山羊肉、玉蜀黍泥，烘好的甘薯和樹薯，可樂椰子和椰子酒。每天都像野餐，我相信許多的友誼就是這麼建立起來的，雖然築路工人來自北方，靠海邊一個不同的部落，他們的語言多少也有點不同。我聽不懂，不過，歐林卡人聽得懂。他們是很聰明的人，很快學會新事務。

令人難以相信，我們在這兒已經五年了。時間過得很慢，但也過得很快。亞當和奧莉薇幾乎跟我一樣高，樣樣功課都好。亞當對數字很有興趣，撒母耳擔心他很快便沒東西可以教給他了。

我們在英國時碰見一些傳教士，當他們無法再教他們的子女時，便送回國去。但很難想像沒小孩的生活。他們喜歡村子開曠的感覺，喜歡住茅屋。他們會為那些打獵專家和自給自足的女人在收穫時興奮。不管我的情緒有多低落，有時我非常低，但奧莉薇或亞當的一個摟抱，可以使我完全恢復過來。他們的母親和我不像以前那麼接近，但我覺得我愈來愈像他們的姨媽了。我們三人長得愈來愈像了。

大約一個月前，柯琳要我不要找撒母耳到我的屋子去，除非她在場。她說這會使村民想入非非。這對我而言是很大的打擊，因為我珍視他的友誼。由於柯琳從來不到我這裡，我幾乎沒人說話。所幸孩子還來，有時當他們父母要獨處時，他們來過夜。我喜歡這樣的時間。我們烤花生，坐在地板上，研究世界各國的地圖。有時太茜也來，告訴我們流傳在歐林卡小孩間的故事。我鼓勵她和奧莉薇把故事用英語和歐林卡語寫出來。對他們來說是很好的練習。奧莉薇覺得跟太茜比起來，她沒有故事好說。一天，當她說起「雷厤斯叔叔」的故事時，當她發現故事是源自太茜的，小臉便一沉。但等我們談到太茜的族人如何到美國，太茜聽得都入神了。當奧莉薇告訴她她祖母如何被當成奴隸時，太茜哭了。

不過，這村子裡沒人要聽奴隸的故事。他們不認為是誰的責任。這是我不喜歡他們的一點。

上次雨季，太茜的父親去世。他生霍亂，巫醫沒辦法治。他拒絕用我們的藥，或讓撒母耳去看他。這是我參加的第一個歐林卡人的喪禮。女人把臉塗白，穿上白色像壽衣的長袍，用尖銳的聲音哭號著。他們用樹皮包住屍體，埋在森林的一棵大樹下。太茜很傷心。她從小便想討她父親的歡心，她從未想到，身爲女孩，她是辦不到的。但她父親的死，使她和她母親的關係接近了。現在凱瑟琳覺得是我們中的一份子。我所謂的我們是我和孩子們，有時加上撒母耳。她還在傷心，成天待在她的茅屋中，但她說她不想再嫁了。（因爲她已有五個小孩，她現在可以愛做什麼就做什麼。）當我去看她時，她表示很清楚，太茜一定要繼續學習。她是太茜父親的寡婦中最勤勞的。她的田是大家稱讚的最乾淨，收穫量最多、最美的。也許我可以幫她忙。在工作中，女人才變得互相幫忙和了解對方。也是經由工作，她才和她丈夫其他的太太做成朋友。

女人的友誼是撒母耳常談到的。因爲女人們共有一個丈夫。但丈夫卻不分享她們的友誼，這使撒母耳不安。我想，也是一種困惑。因爲身爲一個基督教牧師，他要宣講聖經上一夫一妻的訓示。撒母耳困惑的是這些女人是朋友，互相幫忙，她們在一起聊天，照顧著其他人的孩子。這不是從美國來的人能料想到的。許多女人很少跟他們丈夫在一起，其中不少在出生時便許配給老的或中年男人。她們的生活重心是工作，孩子和其他女人。（因爲女人不能跟男人作朋友，會被放逐或引起閒話。）她們放任她們的丈夫。你該看看她們有多敬重丈夫，連最小的成就都誇讚不已。塞給他們椰子酒和甜食。難怪男人都很孩子氣。成年的孩子是一個危險的東西，特別是在歐林卡，丈夫對妻子操有生殺大權。如果他指控他太太使用巫術或不貞，她就會被殺死。

感謝上帝（有時是撒母耳的干預），自我們來後沒發生過這種事。但太茜說的故事中經常有這種毛骨悚然的事。上帝不准一個受寵的妻子的孩子生病。她們害怕被其他人或丈夫指控玩巫術，這樣會失去其他女人的友誼。

祝你聖誕快樂。我們在這個黑暗大陸以禱告、唱歌和盛大的野餐來慶祝，野餐有西瓜、新鮮水果和烤肉！

上帝祝福你

妮蒂

65

親愛的世蘭：

我打算在復活節時寫信給你，但我那時情況不怎麼好，我也不想告訴你壞消息以加重你的負擔。又是一年過去了。第一件該告訴你的事是那條路。那條路終於在九個月前到達歐林卡了。大家舉行了一個慶祝會，準備盛宴來招待築路工人，他們談著、笑著，整天看著歐林卡的女人。到了晚上，很多人被邀到村裡來過夜。

我覺得非洲人很像國內的白人，他們以為他們是宇宙的中心，每件事都是為他們而做。歐林卡人當然有這種觀點，所以他們以為路是為他們築的。事實上，築路工人談起歐林卡現在可以很快到達海邊了，柏油路鋪好後，只要三天就到了；若騎腳踏車更快。當然在歐林卡沒人有腳踏車，但築路工人中有一個有，歐林卡的男人都在談有朝一日他們要買一輛。

在路完成的那個早上，我們發現築路工人又回去工作了。上面指示他們要再鋪三十哩！而這條路的路線是貫穿村子裡。等我們起床後，路已經挖到凱瑟琳新種的山芋田中。當然歐林卡人組織起來反抗，但築路工人有武器，他們有槍，而且上面命令他們對阻擋築路的人可以格殺勿論。

這些人覺得被騙了，他們無助地站在那兒，他們不知道如何打仗，自從古老的部落之戰，一如他們的收成和他們的家一樣被摧毀後，他們很少想到它。築路工人照著工頭的指示施工，一吋也不差，每一幢擋路的房子都被剷平。我們的教堂、學校，我的茅屋在幾小時內便夷爲平地了。所幸，我們還能救出我們的東西，柏油路貫穿整個村于，使整個村子被一分爲二了。

酋長在知道築路工人的打算後，他立刻到海邊去，要求解釋和賠償。但等他兩週後回來，帶來了更令人困擾的消息。即是這整片地，包括歐林卡這個村子，現在都屬於英國的一個橡膠業主。當他接近海邊時，他更震驚地看到成千上百像歐林卡這樣的村子，路邊的森林被清除掉，種起了橡膠樹來。古老巨大的桃花心木、所有的樹、動物、森林裡的一切都被摧毀了。土地被迫剷平，他說，一如他的手掌一樣平。

起初他以爲跟他說英國橡膠公司的人弄錯了。最後他被領到州長官邸去，一幢巨大的白色建築物，院子裡有旗子飄揚，裡面有白人在主持的會議。這個人便是下令給築路工人的人。這個人只是從地圖上知道歐林卡。他說英語，我們的酋長也說英語。

這一定是很悲哀的交談，因爲我們的酋長從未學過英語，除了偶爾學約瑟夫說上一句奇怪的英語外，他把英國唸成了英格洛西。

最壞的事還有呢。由於歐林卡不再是我們的村子，因此他們必須付租金來住，爲了用水，這也不再是他們的，他們還要付水費。

起初大家聽了大笑。這實在是很狂亂的事。他們世世代代住這裡。但酋長沒笑。我們要反抗白人，他們說。

但白人不是一個，酋長說。他有軍隊。

那是幾個月前的事，到現在為止還沒任何事發生。這些人像駝鳥一樣過活，他們從不把腳放在新路上，也從不去海邊。我們又建了一座教堂和學校。我又有另一座茅屋。因此我們等著。

同時，柯琳因患非洲熱而染重病，過去許多傳教士因此而死。

但孩子們很好。男孩們現在接受奧莉薇和太茜，現在有更多的母親把她們的女兒送到學校來。男人不喜歡這樣：誰願意做太太的知道所有她丈夫知道的事。他們很生氣。但女人有她們的看法，他們愛他們的小孩，甚至是女孩。

等情況有起色後，我會告訴你更多的事。我相信上帝會賜福給他們。

你的妹妹

妮蒂

66

親愛的世蘭：

自從復活節後，這一年都過得很艱苦。因爲柯琳生病，所有她的工作都落到我身上，我還得照顧她，這使她很生氣。

一天，當她躺在床上，我替她換衣服時，她意味深長的看了我一眼，但有點憐恤的樣子。爲何我的小孩長得像你？她問。

你覺得他們像我嗎？我問。

那還用說嗎？她說。

也許只是因爲住在一起的關係，當你愛一個人時，會使他像你，我說。你知道有許多老夫婦長得有多像。

這些女人在我們第一天來時就覺得像，她說。

這是你一直擔心的事嗎？我試圖用笑來打消話題。

但她只是看著我。

你第一次遇見我丈夫是什麼時候？她要知道。

這時我才知道她在想什麼。她以爲亞當和奧莉薇是我的小孩。而撒母耳是他們的父親。

哦！世蘭，這事這些年來都在困擾她。

我遇見撒母耳的那天也是我遇見你的那天，柯琳，我說。上帝是我的見證人。這是眞話。

把聖經拿來，她說。

我把聖經拿來，把手放上去和發誓。

你知道我沒撒過謊，柯琳，我說。請相信我現在沒撒謊。

然後她叫撒母耳來，叫他發誓說她那一次遇見我的那天也是他第一次看見我的那天。

他說：妮蒂姐妹，我爲這事道歉，請原諒我們。

撒母耳一走，她要我撩起衣服，她坐起來檢查我的肚子。

我爲她感到難過，同時覺得屈辱。她對待小孩也很壞。她不要他們接近她，他們不懂爲什麼，他們怎麼會懂？他們甚至不知道他們是被收養的。

這一季來臨，村子要種橡膠樹了。歐林卡打獵的地方已被摧毀了，男人得到更遠的地方去找尋獵物。女人把所有的時間都花在田裡，照顧她們的作物和禱告。她們向天向地向她們的樹薯和花生唱歌，是愛和離別的歌。

我們都很難過，世蘭。我希望你的生活會快樂點。

你妹妹

妮蒂

67

親愛的世蘭：

你猜怎麼樣？撒母耳也以爲孩子是我的！這是他力促我跟他們來非洲的原因。當我出現在他們家時，他以爲我是爲孩子來的，他因心好，不願拒絕我。

如果不是你的，他說，那麼是誰的？

但我有一些問題要先問他。

你從哪得到他們的？我問。世蘭，他告訴我的故事會使我寒毛豎立，我希望你，可憐的東西，要有心理準備。

很久以前，有個很富有的農夫，他在近城的地方有一片產業。在靠近我們的城。他不但在農田上，在任何事上都經營得有聲有色。他決定開一家店。結果他的店也開得很成功，他叫他兩個兄弟來幫忙，結果生意愈做愈好。白種生意人開始團結在一起，抱怨這家店把白人的生意都搶走了。他設在店後面的鐵匠舖也搶走了一些白人的生意。一天晚上，這人的店被人放火燒掉，他的鐵匠舖也被搗毀，這人和他兩個兄弟在半夜被拖出去吊死。

這人有一個心愛的太太，他們有個小女孩，兩歲不到。她肚子還懷了另一個小孩。當鄰居把她丈夫的屍體帶回來時，屍體已被肢解和燒毀了。這個景像幾乎把她嚇死。她的第二個小孩，也是一個女孩，在這時出生。儘管她的身體恢復了，她的精神卻不正常了。她每次晚飯時還擺出她丈夫的碗碟來，總是談著她和她丈夫所做的計畫。鄰居們都躲開她，雖然不是故意的，因爲她談的計畫都不是黑人所能想像的。而且她執著於過去的事，是這麼可憐。她是個好看的女人，還有土地，但沒人替她工作，她自己也不知道如何做。何況她還在等著丈夫回來吃飯，吃完以後去下田。不久她便沒得吃了，她的小孩只好在院子裡找樹根吃。

就在第二個小孩還小時，一個陌生人出現在社區，注意到這個寡婦和她的小孩。他們不久便結婚。她立刻又懷第三個小孩，儘管她的精神並未好。自此後，每年懷孕一次，她的身體愈來愈壞，精神愈來愈不穩，後來便死了。

她死的前兩年，生了一個女孩，因爲病太重，無法養活，然後又生一個男孩。這兩個小孩一個叫奧莉薇，一個叫亞當。

這是撒母耳的故事。

那個娶寡婦的陌生人是撒母耳在成爲基督徒以前認識的。因此當他出現在撒母耳家，把奧莉薇和亞當送來時，他無法拒絕，而且以爲是神答應了他和柯琳的禱告。

他從未告訴過柯琳這個人和孩子們的母親的事，因爲他不願在她的幸福上蒙上陰影。

突然我出現了。他把兩個故事加起來，想起他的老朋友一向是個無賴，毫不考慮地收容我。說實話，這也很令我困惑，但我以爲這是基督的慈悲。柯琳有次問我是否是逃家的，我說我是大女孩，我家人口眾多又窮，我該出來謀生了。

當撒母耳說完故事後，我的眼淚濕透了我的上衣，我一時之間無法告訴他眞相。但世蘭，我可以告訴你，我禱告這封信能到你手上，如果其他的到不了的話。

爸不是我們的爸！

愛你的妹妹

妮蒂

68

親愛的上帝：

秀格說，收拾你的東西，跟我到田納西去。

但我感到昏眩。

我生父被私刑吊死。我母親是瘋子。所有我以為是同父異母的弟妹卻跟我沒有血緣關係。爸不是我親生的爸。

你一定要睡覺。

註：她本以為繼父是她的生父，她繼父在她母親去世後再娶，生了幾個小孩，她以為小孩跟她是同父異母的弟妹，其實毫不相關。

69

親愛的妮蒂：

這是我有生第一次想去見爸。於是我和秀格穿上我們新做的藍花褲子，跟我們那頂大而扁的復活節帽子很配，除了她是玫瑰紅，我是黃色的外。我們坐車去。現在路上都鋪了柏油，走二十哩路不算什麼。

我離家後看過爸一次。一天，我和××先生去飼料店買東西。爸跟梅·愛倫在一起，她彎著腰，正在理她的襪子。他站在一邊，用拐杖敲著地。好像要用拐杖打她。

××先生很友善地走上前去，伸出手，但我繼續裝貨，看著袋子上的圖案，我沒想到會再見到他。

這是一個晴朗的春天，起初有點冷，當我們轉入巷子時，第一眼看到的是一片綠色，沿路開滿了復活節百合和黃水仙，還有水仙花和各種早春的野花。然後我們注意到小鳥飛上飛下地唱著歌，草叢上全是黃花，聞起來像維吉尼亞蔓草。這裡跟其他地方不同，使我們變得安靜。我知道這麼說很好笑，妮蒂，甚至連太陽，似乎在我們頭上都停留久一點。

秀格說，這些眞美。你從未說過它有多美。

以前沒這麼美，我說。每次復活節時，它總是淹水，所有的小孩都感冒。總之，我說，我們都待在家裡，那時沒這麼暖和。

沒這麼熱？她問，當我們爬過一座不記得的山丘，來到兩層樓有綠色百葉窗和綠色屋瓦的黃色大房子時。我大笑。我們一定走錯了，這是白人的房子。

不過這房子真美，我們把車停下來看看。

這些長花的是什麼樹？秀格問。

我不知道，我說。看來像桃子、李子、蘋果，也許是櫻桃。不管是什麼，它們確實很美。屋子四周全是開滿了花的樹。地上長著更多的百合、黃水仙和玫瑰。不時有小鳥飛到樹上。最後，在我們看了一會後，我說，這麼安靜，我想一定沒人在家。

不對，秀格說，也許在教堂。這麼一個晴朗的禮拜天。

那我們最好走吧！我說，免得住在這兒的人回來了。正當我說這話時，我的眼睛注意到一棵我熟悉的無花果樹，我們聽到車子的聲音。車子裡會有誰？除了爸之外，還有一個看來像他小孩的年輕女人。

他從他坐的那邊下來，繞過另一邊去給她開門。她穿了一套粉紅色衣服，粉紅色的大帽子，粉紅色的鞋子，手臂上還拎了一個小的粉紅色皮包。他們看了一下我們的車牌，走過來。她挽著他。

早安，他說。當他走到秀格的窗旁。

早安，她慢慢道。我可以看出她沒料到他是這個樣子。

有何指教嗎?他沒注意我,即使他看到我也不會認出我來。

秀格小聲說,是他嗎?

我說,是啊!

令秀格,也令我訝異的是他看來是這麼年輕。他看來比跟他在一起的女孩老,即使她打扮得像成熟的女人,但他看來比城裡那些有成年兒女或孫子的人要年輕。這時我想起來,他不是我爸爸,只是我孩子的爸爸。

你媽媽在做什麼?秀格問,跟比自己年輕的人結婚?

但他沒那麼年輕。

我把世蘭帶來了,秀格說。你女兒世蘭,她要找你。有些問題要問你。

他似乎想了一下。世蘭?他說,誰是世蘭?然後他說,你們下來到前廊坐坐。黛西,他對跟他在一起的小女人說,叫海蒂等會開飯。她捏捏他的脖子,踮起腳來吻他的下巴。他轉過頭來看著她走回去,從大門進去。他跟我們走上臺階,走上前廊,把我們安頓在搖椅中,然後說,你們要什麼?

孩子們呢?我問。

什麼孩子?他說。然後大笑,跟他們媽媽走了。她離開我了,你知道,回她娘家去了。你還記得梅·愛倫吧?

她爲何走?我問。

他又笑。對我來說太老了,我想。

那個小女人回來，坐在他的椅子扶手上，他一面跟我們談話，一面撫著她的手臂。

這位是黛西，我的新太太，他說。

你看來還不滿十五歲嘛！秀格說。

我是不到十五歲，黛西說。

我很訝異你家的人會讓你結婚。

她聳聳肩，看著爸。他們替他做事，她說。住在他的地上。

我現在是她的人了，他說。

我覺得很噁心，我幾乎要吐了。我說，妮蒂在非洲。做傳教士。她寫信給我說你不是我們親生的爸爸。

他說，那麼你現在知道了。

黛西看著我，臉上是憐恤之色。他是故意不告訴你們的，她說。他告訴我他如何撫養兩個不是他的小女孩。我一直不相信，現在才相信。

他沒告訴過他們，秀格說。

好一個老好人，黛西說，吻吻他的頭頂他一直撫摸著她的手臂，看著我笑著。

你父親不懂事，他說。被白人私刑吊死。故事太悲慘了，不能告訴小孩。換上別人也會像我這樣做。

不見得，秀格說。

他看看她，然後看看我。他現在可以告訴她了。還有什麼顧忌的？

我知道他們是怎樣的人，他說他們只重視錢。我們的人問題出在他們一旦不做奴隸後，什麼都不願給白人。但你得給他們一點東西。不是錢就是地，女人或你的屁股。所以我給他們錢。當我重新開張你父親在城裡的店時，我雇了一個白人男孩來經營，我用白人的錢來買他，他說。

世蘭，問這位大忙人你的問題吧，秀格說。我想他的晚飯要冷了。

我父親葬在哪？我問。這是我唯一想知道的。

葬你媽旁邊，他說。

有任何記號嗎？我問。

他看著我，好像我瘋了一樣。私刑打死的人是沒有記號的，他說。這是人盡皆知的事。

媽有嗎？我問。

他說，沒有。

當我們離去時，鳥唱得跟我們來時一樣甜。但等我們一開到大路上時，歌聲便停了。等我們到了公墓時，天色變灰了。

我們找爸和媽的墓。希望能找到一片木頭上刻著什麼的。但我們什麼也沒找到，只有野草和牛蒡草。有些墳上的紙花已褪色了。秀格撿起一塊別人遺失的馬蹄鐵。我們轉呀轉的，直到我們發暈為止。

70

親愛的世蘭：

今早我醒來，本想要告訴柯琳和撒母耳所有的事。我去他們的茅屋，拉過一張凳子來坐在柯琳床邊。她現在很虛弱，只能不友善地看著我，我知道她不歡迎我。

我說，柯琳，我是來告訴你和撒母耳眞相的。

她說，撒母耳已經告訴我。如果小孩是你的，你爲何不實說。

撒母耳說，不要這樣，甜心。

他說，別喊我甜心。妮蒂指著聖經發誓說是實話。她卻說謊。

柯琳，我說，我沒說謊。我背對著撒母耳小聲說：你看過我的肚子。

我怎麼知道懷孕，她說。我自己又沒經驗過。我只知道，女人也許有辦法消除掉所有的象徵。

她們不能消掉妊娠紋的，妊娠紋深入皮膚裡，女人肚子撐很大，像個小鍋一樣，就像這兒的女人。

她把臉轉向牆壁。

柯琳，我說，我是孩子的阿姨。他們的母親是我姊姊世蘭。

然後我告訴他們整個故事。只是柯琳還是不信。

你和撒母耳說了這麼多謊，誰還相信你們的話？她問。

你得相信妮蒂，撒母耳說。儘管你和爸的事令他震驚。

然後我記起你看過柯琳、撒母耳和奧莉薇在城裡，她那時是去買布替她自己和奧莉薇做衣服，你爲何會叫我去她家，就是因爲她是你看過唯一有錢的女人。我要柯琳回憶那天，但她想不起來。

她愈來愈虛弱，除非她肯相信我們，對她的孩子有感覺，我怕我們要失去她。

哦！世蘭，不信是很可怕的事。我們使別人變成這樣也是令人痛心的事。

為我們禱告

妮蒂

71

親愛的世蘭：

這一週來，我一直想讓柯琳回憶起遇見你的事。我知道如果她能想起你的臉，她會相信他們是你的小孩。他們認爲奧莉薇像我，那只是因爲我像你。奧莉薇有你的眼睛和臉，令我感到有意思的是柯琳竟沒看出來。

記得城裡的大街嗎？我問。記得芬里雜貨店前繫馬的柱子嗎？還有店裡全是花生味兒？

她說她全記得，但沒人跟她說過話。

我想起了她的棉被。歐林卡的男人會做漂亮的棉被，上面全是動物、鳥和人的圖案。柯琳看到以後，她用孩子們穿不下的衣服，還有她的舊衣服來做成百衲被。

我打開她的箱子，拉出她的棉被。

別碰我東西，柯琳說。我還沒死。

我拿起一條來，又把另一條拿到亮處，想找到我跟他們最初住的幾個月中，她和奧莉薇穿的衣服。

啊！我說，等我找到我要找的東西，我會放好的。我把棉被攤在床下。

你還記得買這塊布的情形嗎?我問,指指一塊有花的方塊。這塊有格子的呢?

她用手指摸著那些圖案,眼中慢慢湧出了眼淚。

她是那麼像奧莉薇!她說。我怕她會把她要回去,所以我儘快地忘了她。我只讓自己想到那個店員是怎麼對待我!我很神氣,因爲我是撒母耳的太太,是史培爾曼神學院畢業的,而他竟對待我像一般的黑鬼,我覺得很難過,很生氣。我在回家的路上還跟撒母耳說。但沒提起你姊姊,她叫什麼名字?世蘭?

她開始拼命的哭。我和撒母耳握著她的手。

別哭,別哭,我說。我姊姊很高興看到奧莉薇跟你在一起,很高興她還活著,她以爲她的孩子都死了。

可憐的東西!撒母耳說。我們坐在那兒談了一會,直到柯琳睡著了。

但是,世蘭,她在半夜醒來,對撒母耳說:我相信。便死了。

你在悲哀中的妹妹

妮蒂

72

親愛的世蘭：

就在我認為我已學會在濕熱的氣候過活後，衣服經常是濕嗒嗒的，兩腋下，兩腿中也是濕漉漉的，我的朋友（指月事）來了。儘管抽痛，我還得裝作若無其事以免讓撒母耳、小孩和我自己尷尬。更不要說是村民了。他們認為女人月事來都不應該出來。

就在她媽媽去世後，奧莉薇的朋友來了。我猜她和太茜大概是互相商量。她沒跟我說，我也不知道如何提起這個話題。如果你對一個歐林卡女孩談到她的私處，她父母會生氣，所以不能讓奧莉薇被視為外人。雖然他們慶祝女人成年的儀式是血腥和痛苦的。我不讓奧莉薇去想到這個儀式。

你記得當我第一次來的時候有多害怕？我以為我割到自己了。感謝上帝，所幸你在場，告訴我沒關係。

我們按照歐林卡的方式埋葬柯琳，用樹皮包裹，埋在一棵大樹下。她教給我很多事！我知道我會永遠懷念她。孩子們對他們母親的死很震驚。他們知道她病重，但他們沒有把死跟他們的親人聯想在一起。這是一個奇怪的送葬行列。我們都穿著白袍子，臉上都塗上白色。撒母耳像是失魂似的。我相信他們自結婚後，沒有一晚是分開的。

你好嗎?親愛的姊姊。這麼多年過去了,沒有你的片紙隻字。只有我們頭頂的天是一樣的。我時常看天,想著它們的無垠。有一天,我會看到你的眼睛,大而澄亮、美麗的眼睛。哦!世蘭!我在這兒的生活除了工作、工作、工作和熱心之外,什麼也沒有。我的童年過去,沒留下什麼給我。沒有男人,沒有孩子,沒有密友,除了撒母耳外。但我確實有孩子,亞當和奧莉薇。我有朋友,太茜和凱瑟琳,我甚至有家——這個村子,現已陷入困境了。

現在工程師來勘察地形了。兩個白人昨天來了,在村裡漫步了一兩小時,只爲了看看井。歐林卡人還是急忙準備食物給他們吃,雖然他們所餘無幾,因爲許多田園都被摧毀了。白人坐在那兒吃,好像是天經地義的事。

我沒跟那兩個人說話,但撒母耳跟他們說了。他說他們的談話都是工人、公里、落雨、幼苗、機器、架子。其中一個似乎對他四周的人毫不關心,只顧吃著,抽著煙,望著遠處。另一個比較年輕,似乎較熱衷於學語言。

我不喜歡看撒母耳跟他們說話。其中一個對每句話都很有興趣,另一個望過撒母耳的頭頂去,對他視而不見。

撒母耳把柯琳的衣服都給我,我需要這些衣服;雖然我們的衣服都不適合這種天氣,即使是非洲人的衣服也不適合。非洲人穿的都很少,教會寄來那些英國女人穿的衣服都是又長又累贅的,毫無腰身可言,經常會被火捲進去而燒掉一大塊。我沒辦法穿這種衣服,這些衣服似乎是給白人穿的。所以我很高興接收柯琳的東西。同時,我又很怕穿,因爲我想起她說過我們不要互穿對方的衣服,這個記憶令我痛苦。

你確定柯琳姐妹願意給我嗎？我問撒母耳。

是的，妮蒂姐妹，他說。不要因她的恐懼而對她反感。她最後明白了，相信和原諒了。不管是什麼，只有原諒。

我應早把事情說出來，我說。

他要我告訴他你的事。話一出口就像開了閘似的。我正想告訴一個人我們的事。我告訴他我每年聖誕節和復活節寫信給你，還有當時他若去看你的話，對我們而言是多麼重要。他很抱歉他當時的遲疑。

如果我那時知道我現在知道的事！他說。

但他怎能知道？有太多我們不知道的事。這麼多的不幸都是來自我們的一無所知。

祝你聖誕快樂

你的妹妹

妮蒂

73

最親愛的妮蒂：

我不再寫信給上帝，我寫給你。

上帝怎麼啦？秀格問。

誰是上帝？我說。

她嚴肅的看著我。

你是個大魔鬼，我說，你從來不擔心上帝。

她說，且慢，我只是不像我們認識的那些人一樣庸人自擾，這並不意味著我不信上帝。

上帝爲我做了什麼？我問。

她說，世蘭！她好像很震驚的樣子。祂給你生命、健康、一個愛你至死的好女人。

不錯，我說，祂給我一個被私刑處死的父親，瘋母親，一個低賤如狗的繼父和一個我也許再也看不到的妹妹。總之，我禱告和寫信給祂的上帝只是一個男人，像所有我認識的男人一樣。不足爲道的，低下的，健忘的。

她說，世蘭小姐，你最好閉嘴。上帝也許會聽見你的話。

你。

讓祂聽見好了，我說。如果祂肯聽一個窮黑女人的禱告，這世界會成為不同的地方，我可以告訴你。

她說了又說，想勸我不要褻瀆神。但我還是咒罵不已。

終我一生，我從不在意別人怎麼看我，我說。但在我內心深處，我在意上帝祂會怎麼想？結果發現祂根本不想，只是坐在光榮裡裝聾作啞。但想當作沒有上帝這回事是不容易的，即使你知道祂不在那兒，做什麼事不管祂仍是不安的。

我是個罪人，秀格說。因爲我天生是，我不否認。一旦你發現有什麼在等著我們時，你會怎麼樣？

罪人過得較愉快，我說。

你知道爲什麼？她問。

因爲你們不用擔心上帝，我說。

不，不是這樣，她說。我們很擔心上帝，一旦我們覺得爲上帝所愛，我們會盡力去取悅祂。

你告訴我說上帝愛你，你從不替祂做任何事嗎？我是說，不去教堂，不在詩班唱歌，不捐錢給牧師？

如果上帝愛我，世蘭，我用不著這麼做，除非我自願。我可以做很多其他的事是上帝喜歡的。

像什麼？我問。

哦！她說。我可以躺在那兒，快樂，過好日子。

這聽起來像是褻瀆。

她說，世蘭，說實話，你在教堂找到過上帝嗎？我從來沒有過。我只發現一群希望祂出現的人。我在教堂若感覺到上帝，我把祂帶回來。我想其他人也是這樣。他們到教堂來分享上帝，而不是去找上帝。

有些人不肯跟人分享祂，我說。當我大肚子時，帶著××先生的小孩時，他們不跟我說話。

不錯，她說。然後她說：告訴我，上帝長得像什麼樣子，世蘭。

我不知道，我說。因爲我太自慚形穢。以前也沒人問過我這個問題，所以我有點意外。此外，當我想到祂時，總覺不大對勁，不過我還是決定把祂描述一下，看看秀格怎麼說。

好吧，我說。祂高大、年紀老、灰鬍子，是白的。祂穿白袍子，光腳。

藍眼睛？她問。

有點藍灰色，冷冷的，不過很大，白睫毛。我說。

她大笑。你笑什麼？我問。我不覺得可笑。你認爲祂該長得像什麼樣子，跟××先生一樣？

她說在她禱告時，看到的上帝也是這個白人老人。如果你等著在教堂發現上帝，祂就會以這個樣子出現，因爲那是祂住的地方。

怎麼會？我問。

因爲那個穿白袍的上帝是在白人的聖經裡。

秀格！我說。聖經是上帝寫的，白人與它無關。

那麼祂爲何長得像他們呢？她說。爲何聖經像是他們寫的，都是跟他們有關，而所有有色人種做的事都是受咒詛的？

我從未想過。

妮蒂說，聖經上有一處說耶穌的頭髮像羊毛，我說。

如果祂來到我們所說的這些教堂中，在任何人注意到祂之前，他早被轟出去了。黑鬼絕不會認爲上帝是個綣毛。秀格說。

那是實話，我說。

你沒辦法在看聖經時不把上帝想成是白人，她說。然後嘆息。當我發現我認爲的上帝是白人，而且是個男人，我就失去興趣了。你生氣是因爲祂不聽你的禱告。市長聽任何黑人說什麼嗎？問蘇菲亞。她說。

我用不著問蘇菲亞。我知道白人絕不會聽完黑人說的話，如果他們肯聽完，也是因爲他們要告訴你該怎麼辦。

有一件事，秀格說。我相信這件事。上帝在你裡面，在每個人心中。你帶著上帝來到這個世界。所以只有人在內心中去找才會找到。有時甚至在你不找的時候，祂自己會證明自己，或者在你不知道你在找什麼的時候。對大多數人而言問題出在是它，我想。

它？我問。

是的，它。上帝不是一個他或她，而是它。

但是它長得像什麼樣子？

什麼也不像，她說。也不像圖片上的，它不像你想的任何東西，包括你自己在內。我相信上帝是一切。秀格說。一切現在的或過去的或未來的。當你能這樣感覺，而且快樂的感覺到。你會找到它的。

秀格是個美麗的人，我告訴你，她微微皺眉，看著院子，背靠在椅子上，像一朵大玫瑰花。

她說，第一步讓我脫離那個白人老人的是樹，然後是空氣，然後是鳥，然後是其他人。有一天，當我靜靜地坐著，覺得自己像個沒媽的孩子，我突然領悟：我是一切的一部分，並非完全分開的。我知道如果我砍掉一棵樹，我的手臂會流血。我大笑，我叫，我在屋裡到處跑。我知道是什麼了。事實上，當這種情況發生時，你是不會錯過的。這是一種領悟，她說。一笑，捏了一下我的大腿。

秀格！我說。

哦，她說。上帝喜愛所有的感覺。這是上帝最好的地方。當你知道上帝愛它們，你會更享受它們。你可以放鬆，順其自然，因你喜歡你喜歡的東西而讚美上帝。

上帝不認爲這是骯髒的？我問。

不，她說。上帝造的。聽著，上帝愛每件你愛的事——和一些你不喜歡的。更甚的，上帝喜愛人愛慕祂。

你說上帝愛慕虛榮？我問。

不是，她說，不是虛榮。只是要與人分享好的事情。如果你走在一片開滿紫花的田裡而沒注意到，我想你是在蹧蹋上帝。

如果你蹧蹋它，它會做什麼？我問。

哦，它做別的。人們以爲要做上帝喜歡的事來取悅上帝。但任何世界上的傻瓜都會看到它要取悅我們，回報我們。

是嗎？我說。

是的，她說，這經常會出我們意料之外，在我們沒料到時。

你是說它要被愛，就像聖經上說的。

是呀！世蘭，她說。一切都要被愛。我們唱歌、跳舞、化粧和送花，就是想要被愛。你注意到樹盡其可能的要人注意它嗎？除了它不能走之外？

我們談了又談上帝的事，但我還是很茫然，想把那個白人老人從我腦袋逐出去。我由於忙著想祂而從未眞正注意到祂造的東西。沒注意過玉蜀黍，（它是怎麼長的），沒注意過紫色，（它是從哪來的？）沒注意過小野花。什麼也沒注意到。

現在我的眼睛打開了，我覺得像個傻瓜。在我內心中，××先生的壞縮小了。但沒有全部消除，正如秀格說的，你得把男人從你眼中除掉，你才能看到更高的東西。

男人敗壞了一切的東西，秀格說。他在你腦中，所有的收音機中。他要你認爲他是一切。當你認爲他是一切時，你認爲他是上帝，但他不是。每當你要禱告時，男人便出現在另一端，讓他消失掉，秀格說。去想花、風、水、大石頭。

但這很難，我告訴你，因爲他存在太久了，他不肯讓位，他威脅要閃電、洪水和地震。我們要反抗。我已經完全不禱告了，每次我想到一塊石頭，我便把它扔掉。

阿門

74

最親愛的妮蒂：

當我告訴秀格我不再寫信給上帝而寫信給你時，她大笑起來。妮蒂不認識這些人，她說。想想看我寫的東西，確實令我感到好笑。

你看到那個市長的女佣是蘇菲亞，就是那個你看見她在替白人女人拎東西的女人。蘇菲亞是××先生兒子哈波的太太。警察把她關起來是因爲她打市長太太而且把市長打倒在地。她先在監獄的洗衣房工作。然後我們想辦法把她弄到市長家。她得睡在地下室的一個小房間中，但比監獄好多了。會有蒼蠅，但不會有老鼠。

總之，他們關了她十一年半，因爲行爲良好而提早放回來半年，使她可以早點跟她家人團聚。她的大小孩結婚走了。她最小的小孩氣她，不知道她是誰。認爲她好笑，老，只喜歡她帶大的白人女孩。

昨天我們一起在歐迪莎家吃飯。歐迪莎是蘇菲亞的姊姊。她養那些小孩。她和她丈夫傑克。哈波的女人唧唧喳，還有哈波本人。

蘇菲亞坐在大桌旁，好像沒地方給她。孩子們對她視若無睹。哈波和唧唧喳像老夫老妻。小孩們叫歐迪莎媽媽。叫唧唧喳小媽媽。叫蘇菲亞「小姐」。唯一注意到她的是哈波和唧唧喳的小女孩蘇茜。她坐在蘇菲亞對面，斜著眼看著她。

飯一吃過，秀格把椅子一推，點起一根香煙。現在有話告訴你們，她說。

告訴我們什麼？哈波問。

我們要走了，她說。

哦？哈波說，看了一下咖啡，然後又看了葛狄。

我們走了，秀格又說。××先生很震驚，他每次在秀格說這話時都會有這種表情。他摸摸他的肚子，偏過頭去，好像她什麼也沒說過。

葛狄說，這麼好的人，說實話。是世上的鹽。不過該走了。

唧唧喳什麼也沒說。她的下巴緊貼著盤子。我什麼也沒說。我等著展翅高飛。

世蘭跟我們一起走。

××先生頭忽地轉正過來，說什麼？他說。

世蘭跟我去曼菲斯。

等我死，。××先生說。

你已得到你要的，秀格說，冷得像酸奶一樣。

××先生要站起來，看看秀格，又一屁股坐下去。他看看我，我以爲你很快樂，他說，現在是怎麼了？

你這個下賤的狗，我說。是該離開你而重起爐灶的時候了。你死了正稱我意。

說什麼？他問，震驚著。

全桌的人都張大了嘴。

你不讓我跟我妹妹妮蒂聯絡。她是我在這世界上唯一愛的人。

××先生開始結巴。但但但但，聽來像汽車發動的聲音。

妮蒂和我的小孩要回來了，我說。等她回來，我們會一起對付你。

妮蒂和你的小孩！××先生說，你說什麼瘋話。

我有小孩，在非洲，受良好的教育，呼吸新鮮空氣和運動，比你生的那些只養不教的傻瓜要好多了。

住嘴，哈波說。

去你的住嘴，我說。如果你不是想管蘇菲亞的話，她也不會讓白人抓去關起來。

蘇菲亞聽到我的話，訝異的停嘴不吃有十分鐘之久。

說謊，哈波說。

這是實話，蘇菲亞說。

每個人都看著她，好像很訝異發現她在場，像是從墳墓裡發出的聲音。

你那些混帳小孩，我說。你讓我過著悽慘的生活。

××先生伸手來打我。我把刀插到他手中。

你這個賤人，他說。你這樣拋家棄夫的跑到曼菲斯，別人會怎麼說？

秀格說，亞伯特，你理智點，我不了解為何女人要在乎別人怎麼看她？

葛狄說，一個女人如果被人說閒話會找不到丈夫。

秀格看我一眼，我們笑起來。然後唧唧喳開始笑。蘇菲亞開始笑。我們都拼命的笑。

秀格說，他們是什麼東西？

哈波看著唧唧喳。閉嘴！唧唧喳，他說。女人笑男人會倒楣。

她說，好吧。她坐直了，調整呼吸，想要正經起來。

他看著蘇菲亞。她看著他，當他面笑著。我早已倒楣了，她說，我倒了八輩子楣，夠我這後半生笑的了。

哈波看她的樣子就像那天晚上她把瑪莉・艾格妮斯打倒在地上時。一隻蒼蠅飛過桌子。

我跟這個瘋女人生了六個小孩，他喃喃道。

五個，她說。

他看著那個最小的小孩。她惱怒著，壞、調皮，太倔強而不適合生活在這個世界。但他最愛她。

她叫杭瑞苔。

杭瑞苔，他說。

她說，是……像收音機裡人說話的腔調。

她說的一切話都令他困惑。沒什麼，他說。然後他說，去給我倒杯冷水來。

她不動。

請你給我倒杯水來，他說。

她去倒了一杯水來，放在他面前，順便在他頰上親了一下說，可憐的爸爸，又坐回她的位子。

你休想得到我一文錢，××先生說。半文也沒有。

我問你要過錢嗎？我說。我從未問你要過東西，甚至你的抱歉。

秀格在此時打斷。且慢，她說，還有人跟我們去，不用世蘭一人來承擔。

每個人都看著蘇菲亞，因爲他們找不到地方來安頓她，她是陌生人。

不是我，她說。她的表情說，去你們的，你們想得亂美的。她伸手拿了一個麵包，屁股像生根一樣坐在她的位置上。

她爲了說明立場很快說，我留家裡。

她姊姊歐迪莎走過去摟住她，傑克也靠過去。

當然，傑克說。

媽哭了嗎？蘇菲亞的一個小孩問道。

蘇菲亞小姐哭了，另一個說。

但蘇菲亞很快止住哭，就像她做其他事一樣。

誰要走？她問。

沒人說話。安靜得你可以聽到灶上的炭要熄了。

最後，唧唧喳看著每個人說，我，我要到北方去。

你去什麼？哈波說。他很意外，開始口吃著，跟他爸爸一樣，我不知道他在說什麼。

我要唱歌，唧唧喳說。

唱歌！哈波說。

是的，唧唧喳說。唱歌，自從喬蘭莎出生後，我沒公開唱過歌。他們叫喬蘭莎蘇茜。

喬蘭莎生後你不必出來唱歌，你要什麼我都給你了。

我要唱歌，唧唧喳說。

聽著，唧唧喳，哈波說。你不能去曼菲斯。

瑪莉．艾格妮斯，唧唧喳說。

唧唧喳和瑪莉．艾格妮斯有什麼不一樣？

太不一樣了，唧唧喳說。當我是瑪莉．艾格妮斯，我可以出來演唱。

這時門外有人敲門。

歐迪莎和傑克互看一眼。請進，傑克說。

一個瘦小的白人女人站在門口。

哦！你們在吃飯，她說，對不起。

沒關係，歐迪莎說。我們剛吃完。還有不少剩的，你何不進來吃點。或是我給你一些東西，你在前廊吃。

天哪！秀格說。

是伊蓮娜．珍，蘇菲亞以前替她做事的女孩。

她看看大家，直到她看到蘇菲亞，才鬆了一口氣。不用了，多謝，歐迪莎，她說。我不餓，我只是來看看蘇菲亞。

蘇菲亞，她說，妳可以到前廊來一下嗎？

好的，伊蓮娜小姐，她說。蘇菲亞站起來，她們出去了，幾分鐘後，我們聽到伊蓮娜小姐在抽噎，最後是嗚——嗚的哭了起來。

怎麼了？××先生問。

杭瑞苔說：問題。聲調像電臺中的人說話。

歐迪莎聳聳肩，她說是被欺負，她說。

那家人酗酒，傑克說。他們無法讓那個男孩待在大學裡。他酗酒、欺負他妹妹、追女人、欺侮黑鬼，還不止這樣。

夠了，秀格說，可憐的蘇菲亞。

蘇菲亞很快回來坐下。

怎麼了？歐迪莎問。

家裡一團糟，蘇菲亞說。

你要過去嗎？歐迪莎問。

嗯，蘇菲亞說。一下就回來，我會趕在孩子上床前回來。

杭瑞苔說她肚子痛，她要退席。

唧唧喳和哈波的小女孩走過來，看看蘇菲亞說，你要走嗎？蘇菲亞小姐。

蘇菲亞說，是的，把她抱到膝上。蘇菲亞在假釋中，她說，得表現好點。

蘇茜把她的頭放在蘇菲亞胸上，可憐的蘇菲亞，她說。這話是她學秀格說的。

瑪莉·艾格妮斯，親愛的，哈波說，看蘇茜有多喜歡蘇菲亞。

是呀！唧唧喳說。孩子們知道什麼是好人。她和蘇菲亞相視一笑。

去唱吧！蘇菲亞說。我替你照顧這個，等你回來。

你願意？唧唧喳說。

是呀！蘇菲亞說。

也照顧哈波，唧唧喳說。拜託。

阿門

75

親愛的妮蒂：

你知道只要有男人，就會有麻煩。在去曼斐斯的路上，不管我們怎麼換位置，他總要坐在唧唧喳身邊。

當我和秀格睡覺他開車時，他告訴唧唧喳所有他在田納西曼斐斯北邊的生活。我在半睡半醒中聽著他吹，什麼夜總會、衣服，四十九種牌子的啤酒。說得天花亂墜的，害我想小便。我們只好把車開到樹林中方便。

××先生裝作不在乎我走。

你會回來的，他說，你這種人在北邊沒用。秀格有天才，他說。她會唱歌，她會說話，他說。她可以跟任何人打交道。秀格好看，她一站出來便會引人注目。你呢？你醜。你瘦。你的身材好笑。你不敢在別人面前開口。你去曼斐斯只能做秀格的佣人，替她煮飯。你連飯也煮不好。自從我前妻死後，這屋子就沒乾淨過。沒人會娶你。你怎麼辦？去農場打工？他大笑，也許別人會讓你修鐵路。

還有信來嗎？

如果有，他說，我也不會給你。你們兩個是一丘之貉。對你好，你們不識抬舉。

我咒詛你，我說。

你什麼意思？他說。

我說，除非你待我公平，否則你碰到什麼東西都會完蛋。

他大笑，你以爲你是什麼？他說。你咒詛不了人。看看你，一個黑人，又醜，一個女人。去你的，他說，你什麼也不是。

除非你公平待我，我說，你一切的夢想都會落空。我明白地對他說，話就這麼出口了。對我而言似乎是從樹上來的。

誰聽過這種話，××先生說。我也許打你屁股打得還不夠。

你打我，你將來會受到加倍的報應。我說，你最好別再說下去，因爲我說的話不是來自我。好像我一張嘴，空氣進來，話就出來了。

放屁！他說。我該把你關起，或是讓你出去做工。

你要關我，你自己會遭殃，我說。

秀格走到我們說話的地方，她看了一下我的臉說世蘭！她轉向××先生。別說了，亞伯特，她說。別再說了。你只是使自己難堪。

我要教訓她！××先生說，撲向我。

一陣塵埃邪魔從前廊吹到我們之間，吹得我嘴裡全是髒東西。那髒東西說，你對我做的一切事，已經在你身上發生了。

兒。

我覺得秀格在搖我，世蘭，她說。我才甦醒過來。

我微不足道，我是黑人，我也許很醜，不會煮飯，一個聲音對一切聽得見的東西說。但我在這

阿門，秀格說，阿門，阿門。

76

最親愛的妮蒂：

曼斐斯像什麼呢？秀格的房子很大，是粉紅色，有點像穀倉。她有許多臥房，廁所和一大間跳舞廳，這是她和她的樂隊練習的地方。房子四周都是庭園，還有一些紀念碑，前面是一個噴水池。她有一些雕像是我從未聽過，也從未想過會看到的。她有一堆大象和烏龜，到處都是，有些大，有些小，有些在水池中，有些在樹下。烏龜和大象，整幢房子都是。窗簾上有大象，床單上有烏龜。

秀格給我一間可以俯瞰後院和溪邊灌木叢的大臥房。

我知道你習慣早起，她說。

她的房間在我對面，在暗處。她睡得晚，起得晚，她房間的家具沒有烏龜和大象，只有一些雕像。她睡在綾羅綢布中，即使她的床單也是綢的。她的床是圓的。

我要給自己建一座圓屋子，秀格說，但每個人都認爲是落伍的。他們說圓屋子不能開圓窗子。不過我做了一些計畫。有朝一日……她說。給我看一些文件。

上面是一幢粉紅色的大圓房子，像一種水果。有窗、有門，四周還有許多樹。

用什麼做？我問。

泥巴，她說。我不在乎用水泥，我想每一部分可以先用模子做好，把水泥灌進去，讓它乾了，把模子卸下來，再把每一部分黏起來，就成了你要的房子了。

我喜歡你這幢房子，我說。那幢看來小點。

它不壞，秀格說。不過我覺得住在方塊中很好笑。如果我是方的，也許會舒服點，她說。

我們談了不少房子的事。它們如何建的，人們用什麼樣的木頭。談到如何在房子外面種些有用的東西，我坐在床上，在她的水泥房子外畫上一圈樹林。你可以坐在這裡，我說，如果你在家待煩了。

是呀！她說，我們把這個加上。她拿一支筆來，把樹林畫出來。

這兒是花圃，她說。畫了一些。

其中有些天竺葵，我說。畫了一些。

一些石象，她說。

這兒一、兩隻烏龜。

我們如何知道你也住在這裡？她問。

鴨子！我說。

等我們完成我們的屋子，看來它好像可以游泳或飛了。

當秀格煮飯時，沒人煮得像她那樣俐落。

她很早起來去市場。只買新鮮的東西回來。她回來後，坐在後面臺階哼著，剝豆子或洗魚或她買回來的任何東西。然後她把所有的鍋弄到火上，打開收音機。等到一點，一切都弄好了。叫我們吃飯。火腿、蔬菜、雞、玉米麵包、小腸、黑豆和醬。還有西瓜、蛋糕和黑莓派。

我們吃啊吃的，還喝一點甜酒和啤酒。

然後我和秀格到她房間聽著音樂，等食物消化。她的房間陰暗涼快。她的床柔軟，我們躺著。有時她大聲讀報紙。新聞總是打打殺殺的，一點和平氣息也沒有。

人們瘋了，秀格說。這樣瘋狂，什麼也不會久存的。聽著，她說。他們在這兒建一座水壩，好把一個世代居住這兒的印地安部落沖毀。看看這條新聞。這人殺了不少女人，還是個神父。看看他們現在做的鞋子，你穿上一雙走上一哩路，你會跛著腳回家。你看他們要怎麼對付這個打死一對中國夫婦的人？什麼也不做。

嗯，我說，還是有一些令人高興的事。

不錯，秀格說。翻過去。漢彌爾頓·赫夫梅爾先生和太太很高興宣佈他們的女兒瓊綉的婚禮。賀伯特·艾登飛爾太太上週來探視她生病的母親吉歐福·胡德太太。

這些事看來都很快樂，秀格說。眼睛無辜的樣子，好像他們不知道他們頭版中的其他惡棍同類，但他們是同樣的人，她說。

在煮過一頓盛大的晚飯和交代如何把房子打掃乾淨後，秀格要回去工作了。那表示她根本沒時間去想她吃的是什麼。她睡在哪。她一出去便是好幾週，回來眼睛發紅、呼吸濁臭、太胖、有點油膩。她沒時間停留在一個地方把自己好好洗一洗，特別是頭髮。

我跟你去，我說。我可以替你燙衣服、梳頭，像以前一樣，當你在哈波那兒唱歌時。

她說不用，她可以在聽眾面前表現得好像永不厭倦似的，不少聽眾是白人，但她不用在我面前表現那樣。

何況你不是我的佣人。我帶你來這兒不是要你做佣人的。我帶你來這兒是因爲我愛你，我要幫你站起來。

她現在又出去兩週，我和葛狄、唧唧喳看管房子。唧唧喳已去過不少俱樂部，葛狄帶她去。他在後院也種一些東西。

我坐在餐廳裡縫褲子。我現在有各種顏色和尺寸的褲子。自從我們在家做過褲子後，我就停不下來了我換布料，換花色，修改腰，修改口袋，修改邊，修改褲腿。我做這麼多條褲子，秀格笑我。她椅子上全是褲子，衣櫃前掛的也是，報紙剪的紙樣和布攤得桌上和地上全是。她回來後吻我，得踩著這些東西才能過去。在她要走之前，問我這週要用多少錢。

我終於做出一條完美的褲子給秀格，是深藍色柔軟的毛料做的。不但好看，穿起來又舒服。由於她在路上吃了很多亂七八糟的東西，她的肚子很大，穿褲子可以遮掉。她收拾衣服時還要擔心衣服皺，但褲子料子很軟，幾乎不會皺，由於褲腳管拖到地，如果她穿著唱歌，可以當成長禮服。何況，只要她穿上它，會看得你眼珠子突出來。世蘭小姐，你是個寶貝，她說。

我低下頭來。她滿屋子跑著，看著鏡子。不管她怎麼看都是好看的。

你知道沒事做有多難受，我說。當她去給葛狄和唧唧喳展示時。我坐在那兒想如何去賺錢，就在我還沒想到以前，我又做起另外一條來了。

唧唧喳看上一條，世蘭小姐，她說，我可以試穿這條嗎？

她穿上一條桔色有灰點的。她穿起來眞好看，葛狄看她的樣子好像要吃掉她。

秀格摸摸我做的褲子料子。這些都很軟，很鮮豔，遠不是當初我們用僵硬的軍服改裝的，她說。你該做一條特別的送給傑克，感謝他。

我進出店裡，花了更多秀格的錢，我坐在那兒看著後院，心裡盤算傑克會喜歡什麼樣的褲子。傑克高而親切，很少說話。愛孩子。尊敬他太太以及他所有的小姨子。從不多話。我想到他有次碰我。好像他的手指長了眼睛似的，好像他很了解我，但他只是碰到我的上臂。

我開始替傑克做褲子。一定要用駱駝絨的。質料軟而結實，口袋要大，可以放很多孩子的東西。彈珠、彈弓、零錢、石頭。一定要好洗，腿的地方要比秀格的窄，他好去抓小孩，以免小孩跑失了。他可以穿著躺在壁爐前，抱著歐迪莎……。

我一再想著傑克的褲子，剪和縫，完成後，寄去給他。

接下來是歐迪莎要一條。

然後秀格還要兩條跟第一條一樣的。她樂隊中每人都要一條。訂單開始源源而來，不久我便有一大堆了。

一天，當秀格回來，我說，你知道，我喜歡做褲子，但我得出去謀生，這會使我脫身不了。

她大笑。我們在報上登個廣告，她說。提高你的工資。把這個餐廳當工廠，再找一些女人來幫你剪和縫，你只要負責設計。你正在賺錢，世蘭，她說，你已經上路了。

妮蒂，我正在替你做褲子，好應付非洲的熱天。軟白、細、鬆緊帶腰。你不會覺得太熱太累贅。我計畫用手縫。每一針都縫進一個吻。

阿門

你的姊姊

世蘭

田納西曼菲斯．秀格．艾芙瑞路，鄉親褲公司

77

親愛的妮蒂：

我很快樂。我有愛。我有工作，我有錢，朋友和時間。你還活著，跟孩子們很快會回家。

珍瑞妮和妲蘭妮來幫我忙，她們是雙胞胎。從未結過婚。喜歡縫衣服。此外，妲蘭妮還教我如何說話。她說，你在大家都說我們的地方說咱們，人們會認為你笨。黑人會認為你土頭土腦，白人會覺得好笑。

我在乎什麼？我問，我很快樂。

但她說如果我像她那樣說話會更快樂。我心想，再也沒有比看到你更快樂的，但我沒說什麼。每次我說土話，她就糾正我，直到我說對為止。不久，我便覺得我無法思想了，每次我想到一件事便困惑起來，只好算了。

你確定這樣值得嗎？我問。

她說，是呀。她帶給我一堆書。白人唸的，上面談到蘋果和狗。

我為何要管狗？我心想。

妲蘭妮一直努力。想想看如果你受過教育，秀格會有多開心，她說。她不會不好意思帶你到各處去。

秀格不會覺得丟臉，我說。但她不相信。她說有一天秀格回家來對她說，你想世蘭如果說話不是那麼土不是很好嗎？

但我老讓妲蘭妮擔心，有時我會想到蘋果和狗，有時不想。我覺得只有傻瓜要你說那種你覺得奇怪的話。但她人很好，她縫得很好，反正在我們工作時也需要來一點爭論。

我現在忙著替蘇菲亞做褲子，一條腿是紫色，另一條腿是紅色。我夢想蘇菲亞穿著這條褲子，有朝一日她會飛到月亮上。

你的姊姊

世蘭

阿門

78

親愛的妮蒂：

走到哈波和蘇菲亞住的房子，又像以前一樣。除了屋子是新的，就在酒店旁，比以前的屋子大多了。但我的感覺不同。樣子也不同。我穿著深藍色的褲子和白襯衫，看來很合適。一雙紅色平跟的便鞋，頭上別了一朵花。我經過××先生的家，他正坐在前廊，他甚至沒認出我來。

正當我要伸手敲門之際，我聽到嘩啦一聲，像是椅子翻倒的聲音，然後是吵架聲。

哈波說，誰聽過女人去抬棺的？

你已經說過了，蘇菲亞說。你現在可以閉嘴了。

我知道她是你媽，哈波說。

你來不來幫忙？蘇菲亞說。

這像什麼話？哈波說。三個健壯的女人抬棺材，看來她們像該待在家裡炸雞的。

我們還有三個兄弟要在另一邊抬，蘇菲亞說。我想他們看來像田裡的長工。

但這是男人做的事，女人較弱，他說。大家認爲她們較弱，說她們較弱。女人應該輕鬆點。你要哭儘管哭，但不要去做男人做的事。

我要去抬，蘇菲亞說。女人死了，我可以哭，也可以把棺材抬起來。不管你幫不幫忙，或是來參加喪事後的聚會，反正我要去抬棺。

哈波很柔和的對蘇菲亞說，你爲何要這麼做？你爲何老要一意孤行？你在監獄時，我問過你媽媽這問題。

她怎麼說？蘇菲亞問。

蘇菲亞大笑。

她說你認爲你的方法跟別人一樣的。何況是你的方法。

我知道我來的不是時候，但我還是敲門。

哦！世蘭小姐，蘇菲亞說，打開紗門。你看來眞好看。哈波，她看來挺好看的嘛？哈波看著我，好像他從來沒看過我似的。

蘇菲亞緊緊摟住我，吻我的下巴。秀格小姐呢？她問。

她在路上，我說。不過她聽說你母親去世很難過。

蘇菲亞說，媽媽已經打完她美好的仗了，她是光榮的。

你好嗎？哈波？我問。還在吃嗎？

他和蘇菲亞都大笑起來。

我想瑪莉·艾格妮斯這次不會回來了，蘇菲亞說。她一個月前才來過的。你應該去看她和蘇茜。

我說，她終於工作穩定了，在兩、三個夜總會唱歌。大家都很喜歡她。

子。

蘇茜以她爲榮，她說。喜歡她的歌。喜歡她的香水。喜歡她的衣服。喜歡戴她的帽子。穿她的鞋子。

她在學校如何？我問。

她很好，蘇菲亞說，聰明得很。一旦她不生她媽離開她的氣，並發現我是杭瑞苔的生母後，她很好了。她喜歡杭瑞苔。

杭瑞苔好嗎？

壞，蘇菲亞說。她那張小臉像經常要發作似的，也許她生來如此。她父親花了四十年才學會和氣的。他以前對他自己的媽都不客氣。

你常看到他？我問。

就跟看到瑪莉．艾格妮斯的次數一樣多，蘇菲亞說。

瑪莉．艾格妮斯不一樣了，哈波說。

你什麼意思？我問。

我不知道。他說。她心不在焉，說話像喝醉酒似的。她每次回來都像是要找葛狄。

他們倆個都抽不少的大麻，我說。

大麻，哈波說，是什麼東西？

有時讓你覺得舒服，我說，有時會使你看到幻像。但如果你吸太多，會使人思想軟弱，混亂。總想抓住一個人。葛狄在後院種那玩意，我說。

我沒聽這種東西，蘇菲亞說。它長在地裡？

像一種野草，我說。葛狄種了半畝。

有多大？哈波問。

很大，我說。有我頭這麼高。而且是一叢叢的。

能吸的部分是什麼？

葉子，我說。

他們把全部都吸掉？他問。

我大笑。不，他把大部分賣掉。

你嘗過嗎？他問。

嘗過，我說。他把它做成香煙，每支一毛。我說，它會敗壞你的呼吸，但你會要嘗一支。

如果會讓我們變瘋就不要，蘇菲亞說。

就像威士忌，我說。你會一直喝下去。你知道偶爾喝一點不會有任何壞處，但等你戒不掉時，你就有麻煩了。

你常抽嗎？世蘭小姐，哈波問。

我樣子像個傻瓜嗎？我問。當我要跟上帝說話時才抽，當我要做愛時才抽，最近我覺得我和上帝做愛做得很好，不管我抽不抽大麻都一樣。

世蘭小姐！蘇菲亞震驚道。

我對蘇菲亞說，上帝知道我什麼意思。

我們坐在廚房裡點燃香煙，我教他們如何在風中吸。哈波覺得窒息，蘇菲亞嗆住了。

不久蘇菲亞說，有意思，我從未聽過這種哼聲。

什麼哼聲？哈波問。

聽，她說。

我們變得很安靜地聽著，我們聽到了姆姆姆姆。

它從哪來的？蘇菲亞問。她站起來，走到門口張望。什麼也沒有。聲音更大了。姆……。

哈波看著窗外。什麼也沒有，他說。

我想我知道是什麼了，我說。

他們說，是什麼？

我說是天籟。

是呀！他們說。有道理。

＊　　＊　　＊

哈波在出殯的時候說，亞瑪遜女戰士來了。

還有她的兄弟，我小聲道。你叫他們什麼？

我不知道，他說。這三個永遠跟他們的瘋子姊妹站在一條陣線上。沒什麼可以把他們分開。我在想他們的太太要怎麼辦。

他們健壯地向前進行，整座教堂都震驚了，把蘇菲亞的母親放在聖壇前。人們哭著，扇著，還要注意他們的小孩，但他們沒看蘇菲亞和她的姊妹們。他們表現得像司空見慣似的。我喜歡這些鄉親。

阿門

79

親愛的妮蒂：

我注意到××先生第一件事是他有多乾淨。他的皮膚發光。頭髮梳得整整齊齊。

當他去瞻仰遺容時，他停下來跟蘇菲亞說了幾句話。拍拍她的肩膀。他回到座位上時，看過我這邊。我拿起扇子來看別處。

喪禮過後，我們回到哈波家。

我知道你不相信這話，世蘭小姐，蘇菲亞說，但××先生表現得他想信教了。

他壞透了，我說。他只能盡力試。

他並不到教堂或做什麼，但他不那麼快下斷論。他很認真工作。

什麼？我說。××先生工作！

是呀！他日出而做，日入而息。打掃房子，像個女人一樣。

甚至煮飯，哈波說。更甚的是，他煮完了還洗碟子。

不會吧！你們看錯了吧！我說。

不過他很少跟人說話，或去串門子，蘇菲亞說。

聽來像是不可思議，我說。

正在這時，××先生來了。

你好嗎？世蘭，他說。

很好，我說。我看著他，我看出他很怕我。我心想，很好，就讓他怕我好了。

秀格這次沒跟你來？他說。

沒有，我說。她得工作，不過她爲蘇菲亞的媽媽過世而難過。

每個人都難過，他說。生蘇菲亞的女人，也是給這個世界帶來一些東西的女人。

我沒說什麼。

他們好好的把她送走，他說。

確實，我說。

這麼多孫子，他說。十二個孩子，都忙著生育，一家人可以坐滿一座教堂。

是呀！我說。這是實話。

你在這兒要待多久？他說。

也許一星期，我說。

你知道哈波和蘇菲亞的小女孩有病嗎？他說。

不，我不知道，我說。我指指在人群中的杭瑞苔。她在那兒，我說。她看來很好嘛。

不錯，她看來很好，但她患了一種血液病，血液常在她血管中凝塊，使她病懨懨的，我不認爲她能撐過去，他說。

生命是美好的，我說。

是呀！他說。蘇菲亞很難過，她還在幫那個她帶大的白人女孩。她媽媽現在死了，健康也不好。此外，杭瑞苔很難帶，不管她生不生病。

哦！她有點糟糕，我說。然後我想到妮蒂一封信中提到在非洲的病孩子。好像也是生這種血凝症。我想回憶一下她說非洲人怎麼做，但我想不起來了。因爲跟××先生談話太訝異了，使我什麼也想不起來。

××先生站在那兒等我說什麼，看看他的房子。最後他說，晚安，便走了。

蘇菲亞說我走後，××先生生活得像豬一樣，把房門全關起來，裡面臭氣薰天，不讓任何人進去，最後是哈波強迫他開門，打掃房子，弄好吃的，給他爸爸洗澡。××先生太衰弱而無法抵抗，他失去的太多而無所謂了。

他睡不著，她說。晚上，他以爲他聽到屋外有蝙蝠。煙囪中也有聲響。最糟的是聽到他自己的心跳。白天還好，晚上心跳得厲害。跳的聲音之大，好像鼓聲，把屋子都震撼了。

哈波有很多晚上過去跟他睡，蘇菲亞說。××先生會蹺在床鋪一個角落中，眼睛看著家具，看看它們是否會向他移動過來。你知道他有多矮小，蘇菲亞說。哈波有多壯，兩個人睡在一起，哈波摟著他爸睡。

我現對哈波又有感覺了，蘇菲亞說。不久我們要修建我們的新屋子。她大笑。

他怎麼度過的？我問。

哦，她說，哈波要他把你妹妹的信都寄給你，自此後有了改善。你知道良心不安會殺人，她說。

阿門

80

最親愛的世蘭：

我現在期待回國。看著你的臉說世蘭，這眞是你嗎？我在想像這多年來你胖了多少，臉上添了多少皺紋，你如何梳你的頭髮。我從一個骨瘦如柴的小東西變成一個豐滿的女人。我的頭髮已有灰色出現了。

但撒母耳說他喜歡我胖和有灰髮。

這不是很令你驚訝嗎？

我們去年秋天在倫敦結婚，我們去那兒想向教會和傳教協會募捐，以救助歐林卡。歐林卡人還是不理會那條路和白人建築業者。但他們最後不得不注意他們，因爲這些建築業者要他們搬到別處去。他們要把村子當成橡膠栽培業的總部。這兒是方圓數哩之內唯一有新鮮水供應的地方。

歐林卡人在抗議之下，連帶他們的教堂一起被趕到一塊不毛之地，一年之中有六個月沒水。在這個期間，他們得向栽培業者買水。雨季來了，這兒又成了河流，他們得挖坑來當水槽。目前他們用廢棄的石油桶來裝水，這是建築業者弄來的。

但最可怕的事是與樹葉屋頂有關的，這事我以前寫信告訴過你，他們把它當神來崇拜，他們用它來遮他們的茅屋。在這個貧瘠的地方，栽培業者建造起工人宿舍。一幢是給男人住，一幢給女人和小孩住。由於歐林卡人發誓他們不住在沒有他們的神遮蔽的地方，即是樹葉屋頂下，建築業者便不蓋屋頂。然後他們進行犁歐林卡村，方圓數哩之內所有的東西都被犁出來，包括每株屋頂樹葉的根。

幾乎過了好幾週難以忍受的日曬的日子，一天早上，我們被大卡車的聲音給吵醒。卡車上載著一塊塊錫鐵皮。

世蘭，我們得買錫鐵皮。這些錫鐵皮耗盡歐林卡人僅有的一點積蓄，幾乎用光我和撒母耳辛辛苦苦存起來要給孩子們回國受教育的錢。自柯琳死後，我們每年都計畫著，卻發現我們愈來愈陷入歐林卡的問題中。他們掙扎著把這些冷冰冰、硬梆梆的、閃閃發光的，醜陋的金屬放到屋頂上，女人難過的啼哭聲聲聞四里。就在這一天，歐林卡人知道至少他們是暫時被打敗了。

儘管歐林卡人不再問我們要任何東西，除了教他們的小孩外，因爲他們看得出我們和我們的上帝是多麼的無力。撒母耳和我決定要爲這最近的憤怒想點辦法，許多我們親近的人跑掉，加入了住在森林中的游擊隊，他們住在叢林中，拒絕爲白人工作或被他們統治。

於是我們跟孩子們出發到英國。

這是一趟難以置信的旅行，不僅因爲我們幾乎已忘了其餘的世界，像船啦！木炭生火啦！街燈和燕麥等，而且跟我們同船的竟是那位白人女傳教士，是我們早已久聞大名的。她現在退休了，要回英國去養老。一個非洲小男孩跟她同行，她介紹給我們說是她孫子！

一個上了年紀的白人女人，跟一個黑人小孩在一起自然是引人側目的。每天她和那個小孩走過甲板時，總有一堆白人在他們過去時，落入沉默中。

她是個活潑、藍眼睛的女人，銀白的頭髮，灰色衣服。短下巴，當她說話時像在漱口一樣。我要六十五歲了，她告訴我們，一天當我們跟她在一張桌子上吃晚飯時。一生大部分都在熱帶度過。但是，她說，一場大戰爭要來了。比我離開時正開始的一場來得大。英國會很艱困，但我想我們能活下去。我錯過另一場戰爭，她說。我是指在這場戰爭中在場。

撒母耳和我從未想過戰爭。

非洲到處有戰爭的跡象，她說，印度也是。先是築路，然後是把樹砍下來造船和船長的家具。然後是土地上種著你不能吃的東西。然後是強迫當地人工作。全非洲都是這樣，她說。緬甸也是，我想。

但有哈洛德在，所以我決定離開。哈利，是嗎？她說，給小男孩一塊麵包。孩子什麼也沒說，只是咬著他的麵包。亞當和奧莉薇很快把他帶去探險救生艇。

桃樂茜的故事——這女人名叫桃樂茜——是很有趣的。但我不想讓你厭倦，因爲我們最後也厭倦了。

她生長在英國一個富豪家庭中。她父親是爵士之類。她要當作家，但家人反對。他們希望她嫁人。

要我嫁人！她反對道。（眞的，她的想法很奇怪。）

他們想盡辦法要說服我，她說。你無法想像。在我十九、二十歲時，我從未看過這麼多乳臭未乾的年輕人。每個人都令人厭倦。還有比上流社會的英國男人更無趣的東西嗎？她說。他們使我想起了血腥的香菇。

在無數次的晚飯中，她滔滔不絕地說著，因爲船長老把我們放在同一桌。成爲一個傳教士的緣由是，一天晚上，當她要赴另一個無聊的約會時，她突然想到要當傳教士，她想修道院會比她住的城堡來得好多了。她可以想，她可以寫。她可以做自己的主人。不過當修女，不能自作主張。上帝才是主人，還有聖母等。啊！但是傳教士，一個人到遙遠的印度去，眞是太幸福了。

她開始對異教徒產生濃厚的興趣。騙過她父母。騙過傳教協會，由於她學語言很快，他們便派她去非洲，於是她開始寫一切在太陽下發生的事。

我的筆名是傑瑞德・杭特，她說。在英國，甚至在美國，我都很成功，有錢，有名。一個怪異的遺世獨立的人，把大部分的時間用來打獵。

幾天後，她繼續道，你以爲我沒注意到異教徒嗎？我發現他們沒什麼不對。他們似乎也很喜歡我。我確實幫了他們不少忙。我是個作家，我寫他們的文化、行爲、需要，還有一大堆可寫的事。等你能以寫作賺錢時，你會訝異有多少題材好寫。我學會說很流利的他們的語言，爲了擺脫掉傳教協會的監視，我寫了一份完整的報告。我在得到傳教協會或有錢的朋友捐助之前，我向家裡要了將近一百萬鎊。我建立一所醫院，一座中學。一座學院。一個游泳池——因爲在河中游泳會被水蛭咬。

你想不到有多平靜！她在回英國的途中吃早飯時說。我來了一年後，一切都上軌道了。我告訴他們，我不管他們的靈魂，我只要寫書，不要被打擾。我為這種樂趣已付出了代價，而且相當大方。

一天，酋長在感激之餘，不知道該怎麼辦，竟送給我兩個太太。我想他們不認為我是個女人。他們也許一直有疑問我是什麼。總之，我盡力教育那兩個年輕女孩，送她們去英國。當然是學醫藥和農業。當他們回來時，安排她們嫁給兩個年輕人，開始了我一生中最快樂的時期，我成了他們孩子的祖母。我從愛克文人學到如何做個好祖母。他們從不打他們的小孩，從不把他們關在房間中。只有割包皮時是很血腥的。但哈利的母親是醫生，這情形會改善。

總之，她說，等我到了英國，我要阻止他們的血腥入侵。我要告訴他們，他們血腥的路、血腥的橡膠栽培業，造成的後果。還有那些血腥無趣的英國栽培業主和工程師。我是個非常有錢的女人，我擁有愛克文村。

我們都以沉默的尊敬來聽她說。孩子們很喜歡哈洛德，但他在我們面前從未說過一個字。他似乎喜歡他祖母，習慣她，但她的嘮叨，使他成了一個無言的冷靜的觀察者。

亞當說，當他跟我們在一起時是很不一樣的，亞當很喜歡小孩，只要半小時便可以跟任何小孩混熟。亞當會說笑話，他唱歌，扮小丑，會玩遊戲。他有最爽朗的微笑，還有健康的非洲牙齒。

當我寫到他的笑容時，我意識到他在這次旅行中特別陰沉。他是感到有趣和興奮，但不是頂快樂，除了跟小哈洛德在一起。

我得問奧莉薇是怎麼回事。她一想到去英國便興奮不已。她媽以前告訴過她英國人的茅屋很像歐林卡人有樹葉屋頂的茅屋。不過它們是方的，她說。比較像我們的教堂、學校，而不像我們的家，這使奧莉薇覺得很奇怪。

當我們到達英國後，撒母耳和我把歐林卡的苦況告訴我們教會的英國負責人，一個戴眼鏡的年輕人坐在那兒翻弄著一疊撒母耳的年度報告。他不問歐林卡的苦況，卻要知道自柯琳死了有多久，她死後，我為何不立即回美國。

我眞不明白他在想什麼。

土著會怎麼想，他問。

想什麼？我問。

得了，得了，他說。

我們像兄妹一樣，撒母耳說。

他不自然地笑笑。是呀！

我覺得我的臉紅起來。

還有比這更甚的，但又何必讓你加重負擔呢？你知道有些人就是這樣，他是其中之一。我和撒母耳走時，沒有問過我們一句歐林卡的困難。

撒母耳非常生氣，我很害怕。他說我們唯一能做的事就是我們如果還要待在非洲就是加入游擊隊，鼓勵所有的歐林卡人去加入游擊隊。

如果他們不去呢？我問。有許多人太老而無法搬到森林去。有許多在生病。那些女人都有小孩。還有一些迷戀英國人的衣服和自行車的。鏡子和閃閃發光的鍋的。他們要替白人做事，好得到這些東西。

東西！他厭惡道，血腥的東西！

反正我們在這兒還有一個月，我說，我們盡力吧！

由於我們的錢都花在鐵皮屋頂和這趟旅行上，因此在倫敦這個月過的是窮人生活。但我們卻覺得很愉快，沒有柯琳後，我們開始覺得我們是一家人。街上的人都說孩子們長得很像我們。孩子們也很自然的接受了。他們單獨上街去看他們有興趣的景觀，留下他們的父親和我，享受難得的寧靜和簡單的談話。

撒母耳當然是生在北方，在紐約長大和受教育的。他是透過他姨媽，也是一個傳教士的介紹認識柯琳的，他姨媽和柯琳的姨媽在比屬剛果傳教。撒母耳經常陪他姨媽到亞特蘭大柯琳的姨媽家。

這兩位女士合作做了許多驚人的事，撒母耳笑道。她們曾被獅子攻擊，被大象踩過，被洪水淹過，還遇上士著的戰爭。她們的故事令人難以置信。

我和柯琳年輕時，想把這些故事編成喜劇，我們擬定的題目是「床上三個月」，或是「黑暗大路的酸臀」或是「一張非洲地圖，引導漠不關心士著認識聖經之路。」

我們拿這些事來開玩笑，但我們被這些冒險給深深的吸引住了。她們在述說時是這麼神色平靜。你幾乎不相信她們眞的用她們的手在叢林中建學校，或與蛇大戰。或與那些不友善的非洲人打交道，因爲她們穿的衣服好像身後有翅膀，因此這些非洲人認定她們是會飛的。

叢林？我們一面喝著茶，一面竊竊偷笑。因爲她們並不認爲自己很好笑，但對我們而言已經是非常非常好笑了。當然也是那時普遍對非洲人的看法令我們覺得有意思。

柯琳的母親是個標準的賢妻良母，她不喜歡她這個冒險的妹妹。但她從未阻止柯琳去看她姨媽。當柯琳大了後，她送她去史培爾曼神學院，這是她姨媽讀過的學校。也是一個很有趣的地方。學校是由兩位從新英格蘭來的白人傳教士建的，開始時在一個教堂的地下室。不久便搬到軍營去。最後這兩位女士從有錢人那兒募到一大筆錢，這所學校才成長起來。在裡面的女孩什麼都學，寫字、讀書、數學、縫紉、打掃、烹飪。但最重要的是教導她們將來要爲上帝和黑人社區服務。她們正式的座右銘是「我們整個學校是爲基督」。但我常認爲他們非正式的座右銘應該是「我們的團體遍佈全球」，因爲只要一個年輕女人進入史培爾曼後，她就要盡力爲她的同胞服務，擔任任何工作，到全球任何地方去。這是很驚人的。因爲這些彬彬有禮的年輕女人，其中有些人從未跨出過她們的家鄉大門一步，除了到神學院來。對於印度、非洲或東方是一無所知的，甚至費城或紐約。

在這所學校成立之前，也就是六十年前。住在喬治亞的雪洛奇印地安人被迫離家，在大雪中被趕到他們在奧克拉荷馬的徙置區。三分之一的人死在路上。很多人拒絕離開喬治亞。他們藏在黑人社區，最後跟我們混合起來，其中不少這種混血種人在史培爾曼。有些人知道他們的祖先，但大多數人不知道。他們以爲他們黃色或紅棕色的皮膚和有波浪的頭髮是因爲祖先有白人，而不是印地安人。

即使柯琳也這麼認爲，他說。不過我常能感到她屬於印地安人的那一部分遺傳。她很安靜。喜歡反省。她可以消除掉她的自我、精神到無影無蹤的地步，只要她知道她四周的人不喜歡她這些特質。

當我們在英國時，撒母耳提到柯琳時並不覺得爲難。而我也很坦然地聽著。

他說，這一切似乎是不可能，他說。我在這兒，一個垂垂老矣的老人，他一生的夢想是助人，然而這個夢想到現在還是夢想。若換上我和柯琳還年輕的時候，我們會怎樣的嘲笑我們自己。我們會給我們的故事起名叫「二十年來的一個西方傻瓜」或「口和樹葉屋頂疾病」。我們是這麼的失敗，他說。我們跟那兩位姨媽一樣可笑。我想柯琳有自知之明，才導致她一病不起的，她比我有直覺。她天生了解人。她以前說歐林卡人生我們的氣，但我沒看出來。你知道，他們確實是。

不，我說，這不算是生氣，只是一種漠不關心。有時我覺得我們的地位很像大象尾巴後的蒼蠅。

在我跟柯琳結婚前，撒母耳繼續道，我還記得有一次。柯琳的姨媽邀了一些認眞的年輕人到她家。其中一個是一位年輕的哈佛學者名叫愛德華的，他姓杜伯斯。姨媽又談起她在非洲的冒險，以至於比利時國王利波德還頒給她一個獎章。愛德華很不耐煩的聽著這些事，你可以從他的目光，還有他扭動身子的方式看出來。他一直動個不停。當姨媽說到她接受獎章的驚奇和意外時，愛德華的腳不由自主的，很快的在地板上打起拍子來。柯琳和我很訝異的互看一眼。看來他以前已聽過這個故事，而不想再聽第二遍了。

女士，他說，當姨媽說完故事，把她的獎章拿出來展示時。你知道利波德國王把那些工頭認爲沒有完成他們應完成的橡膠配額的工人的手砍掉的事嗎？你不該把這個獎章當成是一種榮譽。女士，你應該視它爲你不智的象徵。你因不智而成了這個國王的幫兇。他讓成千上萬的非洲人工作至死，以野蠻的手法對待他們，以至於消滅了許多非洲人。

撒母耳說，大家都沉默起來。可憐的姨媽！我們的所做所爲不都是爲一個獎章嗎？我們要人稱讚。非洲人當然不懂頒獎章。他們根本不管有沒有傳教士存在。

別這麼憤世嫉俗，我說。

我能不憤世嫉俗嗎？他說。

你知道，非洲人從未叫我們來過。如果我們覺得不受歡迎，我們不該怪他們。比不受歡迎還更糟，撒母耳說。非洲人根本沒看到我們。他們甚至不認識我們是他們出賣的兄弟姊妹。

哦！撒母耳，我說，別這樣。

但你知道，他開始哭起來，哦！妮蒂，他說。可是我們有心，你沒看見嗎？我們愛他們。我們盡力表現那種愛。但他們拒絕我們。他們根本不聽我們是怎麼歷經痛苦的。即使他們聽，他們也說些蠢話。你爲何不說我們的語言？他們問。你們爲何不記得以前的方式？你們在美國爲何不快樂？如果那兒人人開汽車的話？

世蘭，這正是我該伸開膀臂去摟他的時候。我伸了。埋藏在我心中長久以來的話從我口中溜出來。我撫著他的頭和臉，我叫他親愛的。我怕，親愛世蘭，這種關心和感情會很快溜走。

我希望當你接到你妹妹這種前進行爲的新聞時，你不會震驚或遽然認定我太衝動了。特別是當我告訴你這是多麼開心。我因置身在撒母耳懷中而狂喜時。

你也許早已猜出我愛他已久，但我並不知道。我一直把他當哥哥看，把他當朋友看。但我愛他的人，他走路的樣子，他的塊頭，他的身材，他的味道，他的綣髮。我喜歡他的指紋，他粉紅色的內唇。我愛他的大鼻子，我愛他的眉毛，他的腳。我愛他親切的眼睛，他脆弱和美麗的靈魂可以從這裡一覽無遺。

我們深愛對方，撒母耳告訴他們，用手摟著我，我們要結婚。

但在我們結婚之前，我說，我要告訴你們一些有關我的、柯琳的、和另一個人的事。這時我才告訴他們有關你的事，還有他們的母親柯琳對他們的愛，還有我是他們的姨媽。

那麼另一個女人在哪？你姊姊呢？奧莉薇問。

我向他們盡力說明你嫁給××先生的事。

亞當當即很震驚，他是非常敏感的。

我們很快會回美國，撒母耳對他說，去看她。

我們在倫敦一個很簡單的教堂舉行婚禮，孩子們都在場。就在我們吃過婚宴的晚餐要睡覺之際，奧莉薇告訴我她弟弟的問題，他想念太茜。

但他也很氣她，她說，因為在我們走後，她打算在臉上刺青。

我不知道這事。這是我們一直想阻止的事，阻止他們再在年輕女人的臉上刺上部落的標幟。

這是歐林卡人表示他們還維持他們生活方式的方法，奧莉薇說，即使白人把一切都拿走了。太茜不想這麼做，但為了使族人好過，她只好投降。她還要舉行婦女成年儀式，她說。

不，我說，那太危險了。萬一她感染了？

我知道，奧莉薇說，我告訴她在美國或歐洲，沒有人把身上的肉割掉。而且我說，如果她要做的話，她該十一歲時就做的，她現在做太老了。

有些男人割包皮，我說，但那只是去掉一層皮。

太茜很高興歐洲和美國沒有這種成年的儀式，奧莉薇說，這使她覺得更珍貴了。

我明白了，我說。

她和亞當有過很大的爭執，不再像以前一樣，他不再開她玩笑，或在村子裡追她，或把小樹枝繫在她頭髮上，他氣到甚至要打她。

他最好別這麼做，太茜會把他的頭塞進她的織布機中。

我很高興回去，奧莉薇說，亞當不是唯一想念太茜的人。

她吻吻我和她父親，向我們道晚安，不久亞當也過來道晚安。

妮蒂媽媽，他說，坐在床邊挨著我。當你愛一個人時你怎麼知道？

有時候你並不知道，我說。

世蘭，他是一位漂亮的年輕人，身材高大、寬肩，聲音渾厚低沉。我告訴過你他寫詩嗎？喜歡唱歌？他是一個會令你引以為傲的兒子。

愛你的妹妹

妮蒂

附：你弟兄撒母耳問候你

81

最親愛的世蘭：

當我們回家時，每個人都很高興看見我們。當我們告訴他們此行任務失敗時，他們都很失望。他們抹掉臉上的笑容和汗，沮喪地回到他們的宿舍。我們回到我們的住處，教堂、家和學校的綜合建築，開始打開我們的行李。

孩子們……我意識到我不能再叫他們孩子了，他們是大人了，他們跑去找太茜；一小時後默不作聲的回來。他們找不到她。別人告訴他們，她母親凱瑟琳正在種橡膠樹。但沒人看到太茜。

奧莉薇非常失望。亞當故意表現出若無其事的樣子，但我注意到他心不在焉地咬著指甲。兩天後才知道，太茜是有意躲起來。因爲我們走後，她舉行過兩個儀式，一個是臉上刺青，一個是成年禮。亞當聽到這消息後面色如土。奧莉薇很震驚，更急於找到她。

到了星期天，我們才見到太茜。她瘦了很多，目光遲鈍，面現倦容。她的臉還是腫的，兩頰上刺著十幾條細紋。當她伸出手來，亞當拒絕跟她握手。他只是看著她臉上的疤，轉身便走。她和奧莉薇相擁，不過是一種沉重、安靜的擁抱，不像以前那樣的喧鬧、活潑。

太茜也爲臉上的疤感到羞慚，很少抬起頭來。刺青一定很痛，因爲是紅腫的。

但這是村民對年輕女人，甚至男人必做的儀式。孩子們認為刺青是落伍的而經常抗拒。所以大人用強迫的方式來刺青，往往是在一種很可怖的情況下。我們提供消炎藥、棉花和地方，讓孩子們去療傷和痛哭。

每天亞當都督促我們回國。他再也受不了住在這裡了。我們附近已沒什麼樹，只有大石頭和小石頭。他的同伴愈來愈多跑掉了。當然，真正的理由是他無法忍受他對太茜那種矛盾的感覺，太茜也意識到自己的錯誤有多大。

我和撒母耳很快樂。我們也非常感謝上帝！我們仍在教育小小孩；八歲以上的都去當工人了。為了付宿舍的錢、土地的稅，為了買水、木柴和食物，每個人都得工作。於是我們只能教小的，成了托兒所，照顧老的和生病的，替產婦接生。我們的日子跟以往一樣忙碌，在英國的停留已是一場夢。但一切都比以前如意多了，因為我有一個深愛的人可以共患難。

你的妹妹

妮蒂

82

最親愛的妮蒂：

那個我們以爲是爸的人死了。

你爲何還叫爸？秀格前天問我。

但現在叫他阿爾洪索太晚了。我從不記得媽叫他這個名字。她每次都說你爸。我想她是要我們相信他是我們的父親。總之，他的小太太黛西在半夜打電話給我。

世蘭小姐，她說，我要告訴你一件壞消息。阿爾洪索死了。

誰？我問。

阿爾洪索，她說。你繼父。

他怎麼死的？我問。我以爲他被殺了，被卡車撞了，被雷擊了，生病死了。但她說，不是，他是在睡夢中去世的，她說，我們在睡前溫存了一會。

我說，我很同情你。

是的，她說，我以爲這房子是給我的，結果是你和你妹妹妮蒂的。

什麼？我問。

你繼父已經死了一週，她說，當我們昨天去城裡聽律師宣佈遺囑時，我幾乎呆住了。妳生父擁有這些土地、房子和店。他留給你媽的。當你媽死時，她留給你和你妹妹妮蒂。我不知道阿爾洪索爲何沒告訴過你。

我說，他的東西我都不要。

我聽到黛西吸了一口氣，那麼你妹妹妮蒂呢？她說，她也跟你一樣嗎？

我這時清醒一點。秀格過來問我是誰，我開始進入狀況了。

別傻了，秀格說，用她的腳踢踢我。你現在有你自己的房子了。你爸媽留給你的。你那個繼父只不過是一陣吹來的惡臭，很快會過去的。

但我從未有過房子，我說。只要想到有一幢我自己的房子會嚇死我。何況，這座房子比秀格的還大，四周有更多的土地。外帶一間店面。

天哪，我對秀格說。我和妮蒂現在有一家雜貨店，我們要賣什麼？

褲子如何？她說。

於是我們放下電話，很快趕回去看看那些產業。

就在我們距城還有一哩時，來到一座黑人公墓的入口處。秀格睡著了，但我突然覺得該開進去看看。不久我便看到一座高塔，我停下車來，跑上去。上面有阿爾洪索的名字。上面列了不少頭銜。這個會員，那個會員。有名的生意人和農夫。正直的丈夫和父親。窮人和無助的人的依靠。他死了有兩週了，但他墳上的鮮花還在盛放。

秀格也下車，走到我身邊來。

最後她打了一個呵欠，伸伸懶腰。那個龜兒子不過是個死人，她說。

黛西好像很高興看見我們，不過她並不開心。她已有兩個孩子，肚子裡還有一個。但她有漂亮衣服，一輛車，還有所有的現金。此外，我想她在跟他生活時，安頓好了她娘家的人。

她說，世蘭，你們以前的房子壞了，所以他建了這幢。找了一個亞特蘭大的建築師來設計的，這些磚都是從紐約運來的。廚房、廁所、後面走廊，到處都鋪著瓷磚。但這房子是跟這地在一起的，她說。不過我要把家具運走，因爲那是他買給我的。

沒問題，我說。當黛西把鑰匙給我後，我還無法相信這幢房子是我的。我從這個房間跑到那個房間，簡直像瘋了。看看這個，我對秀格說，看看那個！她看著，笑著。她動不動便摟我，我靜靜地站著。

你做得不錯，世蘭小姐，她說。上帝知道你住哪。

她從她的皮包中拿出一些杉木棒來點燃，給我一支。我們從頂樓開始，一路薰到地下室，把所有的邪惡驅散，讓這地方煥然一新。

哦！妮蒂，我們有一幢房子了，一幢大房子，足夠給我們和我們的孩子、你丈夫和秀格住。現在你可以回來了，因爲你有家可回了。

愛你的姊姊

世蘭

83

親愛的妮蒂：

我的心碎了，因爲秀格愛上別人了。也許我夏天待在曼斐斯，這事就不會發生。但我整個夏天都在弄房子。我想你如果現在回來，立刻可以住進去。它現在眞的很美，也很舒服。我找了一位很好的管家來照顧屋子，然後回到秀格那兒。

世蘭小姐，她說，你要不要吃頓中國菜，慶祝你回家。

我喜歡中國菜，於是我們便去餐館。我因太興奮而沒注意到秀格有多緊張。她一向是個風度優美的女人，即使在她生氣的時候。但我注意到她無法正確地用筷子。她打翻了一杯水，無法挾起春捲來。

但我以爲她太高興見到我了。於是我幫她收拾好，自己再津津有味的吃著餛飩湯和炒飯。

最後幸運餅端上來了，餅的樣子小巧可愛，我立刻拿出我的幸運籤來看。上面寫道：因爲你就是你，所以未來是快樂和光明的。

我大笑，把它遞給秀格，她看了後微笑著，我覺得一片詳和。

秀格慢慢拉出她的籤來，像是不敢看似的。

怎麼樣?我說，看著她在看。上面說什麼?

她抬起頭來看我說，上面說我正在熱戀一個十九歲的男孩。

我看看，我笑道。我大聲唸道:痛定思痛。

我一直想告訴你，秀格說。

告訴我什麼?我還是懵懵懂懂的。我會想到男孩子已是老早的事，而我從未想過男人。

去年，秀格說，我雇了一個人加入樂隊。我本來不想雇他，因爲他什麼都不會，除了吹長笛之外。誰聽過藍調長笛?我沒有，簡直是狂亂。不過這也是我的運氣，因爲藍調長笛正是藍調音樂所缺乏的。我一聽到傑曼尼演奏，我就看出這點。

傑曼尼?我問。

是的，她說，傑曼尼。我不知道誰給他取這樣的名字，但很適合他。

她開始滔滔不絕的談著這個男孩。好像他所有的優點都是我想聽的。

哦!她說。他小，他伶俐，是個眞正的黑人。她愈講愈興奮，臉上洋溢著戀愛中的女人的光彩。

等她說完他多會跳舞和他蜜棕色的綣髮時，我只覺得是臭狗屎。

別說了，我說。秀格，你在宰我。

她說到一半停止。她的眼中充滿了眼淚，她的臉皺起來。天哪!世蘭，她說。

我說，如果話會殺人，我已經在救護車中了。

她把臉埋在手中，開始哭起來。世蘭，她說，我還是愛你的。

我坐在那兒看著她，彷彿我的餛飩湯都變成冰的了。

你為何不高興？她問，當我們回家時，你似乎從來不生葛狄的氣，他是我丈夫。

葛狄從未使你的眼中迸出火花來，我心想。但我什麼也沒說，因為沒心情。

那當然，她說，因為葛狄太無趣了，他談完女人和大麻後便沒得談了，她說。

我沒說什麼。

她乾笑兩聲，我很高興他跟瑪莉・艾格妮斯跑了。

我沒說什麼，安靜、冷淡，若無其事，很快走著。

你注意到當他們一起去巴拿馬時，我一滴眼淚也沒掉。不知道他們在巴拿馬如何？她說。

可憐的瑪莉・艾格妮斯，我心想，誰會猜到老而無趣的葛狄會在巴拿馬種植一大片大麻。

當然他們賺了不少錢，秀格說。瑪莉的衣服比任何人都出眾，她在信上說了。至少葛狄讓她唱。不過巴拿馬？到底在哪？在古巴嗎？我們該去古巴，世蘭小姐，你知道，那兒有很多賭場和娛樂。不少黑人長得像瑪莉・艾格妮斯。有些是眞正的黑人，像我們一樣，不過都是一家人。

我什麼也沒說，我巴不得死去，因此我不想說話。

好吧，秀格說，你回家時，我很想你，世蘭。你知道我是一個講求自然的女人。

我拾起一張我用來做紙樣的紙。我在上面寫了一句話：閉嘴。

但是世蘭，她說，我得讓你了解。我老了，我變胖了，她說。沒人再認為我好看，除了你之外。

我想過了，他才十九歲。一個娃娃，能維持多久？

他是男人，我在紙上寫著。

不錯，她說。他是，我知道你對男人的感覺，但我對男人沒這種感覺。我不會傻到對他們任何一個人認眞的，她說，但有些男人很有趣。

饒了我，我寫道。

世蘭，她說。給我六個月的時間，讓我享受我最後一次的賣弄風情。只要給我六個月，我們可以恢復像以前一樣的友誼。

不可能，我說。

世蘭，她說，你諒解我。

好吧，我說，不過我要離開這兒，我說。

世蘭，你怎能離開我？你是我的朋友。但我愛這個孩子。他只有我年紀的三分之一，我塊頭的三分之一，甚至是我膚色的三分之一。但別離開我。

正在這時門鈴響了，秀格去應門。不久以後她便出去了。我聽到車子開走的聲音。我上床去，但今晚我睡這兒像個陌生人，爲我祈禱。

你的姊姊

世蘭

84

親愛的妮蒂：

使我活下去唯一的事是看著杭瑞苔爲她的生命奮鬥。每次她一發病，她就尖叫到可以把死人叫醒。我們照你提的非洲人的辦法來治療她，每天給她吃甘薯。算我們倒楣，她最痛恨甘薯，而且也不客氣的表現出來。方圓數哩之內的人，人人試著烹調出不像甘薯的甘薯來。有甘薯蛋、甘薯腸、甘薯山羊和湯。什麼東西都用上了，除了皮鞋外，爲了要消除甘薯的味道。但杭瑞苔說她還是嘗出有甘薯的味道，把什麼都扔出窗外。她的四肢腫了，發燙發熱，她說她的頭裡面全是拿著鍾子敲的小白人。

有時我會碰見××先生來看杭瑞苔。他也弄了一些甘薯餐。有一次，他把甘薯藏在花生醬中。我們和哈波、蘇菲亞坐在壁爐邊，玩著撲克牌，蘇茜和杭瑞苔聽收音機。有時他開車送我回家。他還住在那幢小屋中，他因在那兒住久了，那幢房子都像起他來。前廊上永遠放著兩張高背椅，靠在牆上。欄干上放的全是花盆。他把房子漆成白色，你猜他現在收集什麼？他收集貝殼，各式各樣的貝殼。

這也是他能把我再請回去的原因。他告訴蘇菲亞他找到一個新的貝殼，如果放在耳邊會聽到很大的海潮聲。我們過去看，那個貝殼又大又重，上面有斑點，像小雞一樣，你可以聽到海浪聲或什麼的向你耳朵沖激過來。我們都沒見過大海，不過××先生從書上知道不少，他也是從書上向全國各地訂購貝殼。

他在我看貝殼時不多話，只是拿著每個貝殼像是新收集到的。

秀格以前有過一個貝殼，他說。很久以前，我們第一次認識時。白色很大，像把扇子，她還喜歡貝殼嗎？他問。

不喜歡了，我說，她現在喜歡大象。

他等了一會，把全部的貝殼都放回去，然後問我，你喜歡什麼嗎？

我喜歡鳥，我說。

你知道，他說，你以前讓我想起鳥來。就是你剛住過來時。那麼瘦，天呀！他說，那麼小的東西，卻像要飛的樣子。

你那時便看出來了，我說。

我看出來了，他說，我太傻而不知道愛惜。

我說，我們是那樣過來的。

他說，我們還是夫妻。

不，我說，我們從來就不是。

你知道，他說，自從你去了曼斐斯後，氣色很好。

是呀！我說，秀格把我照顧得很好。

你在那裡怎麼維生？他說。

做褲子。

他說，我注意到家裡每個人都穿上你做的褲子。你是說你把它變成生意了？

是呀！我說。但我眞正開始是在這裡，爲了克制住自己想殺你的衝動。

他低頭看地板。

秀格幫我做第一條，我說。然後我像個傻瓜一樣哭起來。

他說，世蘭，告訴我實話，你不喜歡我，是因爲我是男人。

我擤擤鼻子說，男人脫下褲子後都像青蛙。不管你怎麼親他們，至少在我看來，青蛙就是青蛙。

我明白了，他說。

我回家後，心情很惡劣，什麼事也做不下去，只好上床睡覺。我想做一些給懷孕女人穿的褲子，但我一想到有人懷孕便想哭。

你的姊姊

世蘭

85

親愛的妮蒂：

××先生直接交給我的一封信是美國國防部打來的電報。上面說你和小孩、丈夫坐的船離開非洲時，在一個叫直布羅陀沿岸的地方被德國水雷給炸沉了。他們認爲你們淹死了。此外，在同一天，過去一年來我寫給你們的信，全部原封不動的給退回來了。

我坐在這座大房子中想縫衣服，但現在縫還有什麼用？活著已成了一種可怕的累贅。

你的姊姊

世蘭

86

最親愛的世蘭：

太茜和她母親已經逃走了。她們到森林裡加入叢林的游擊隊。撒母耳、孩子們和我昨天都在討論這事，我們甚至不知道有它的存在。我們只知道他們住在森林的深處，他們歡迎逃亡的人，他們攻擊白人的栽培地，計畫摧毀白人，把他們從大陸趕走。

亞當和奧莉薇傷心欲絕，因爲他們愛太茜，想念她，因爲加入森林游擊隊的人從未有人回來過。我們讓他們忙著，因爲有太多生瘧疾的人，所以有不少事要做。栽培業者爲了種植香蕉，把歐林卡的甘薯、蔗糖和澱粉類的植物全部剷除，歐林卡人爲了防止瘧疾和控制血液的痼疾，業已吃了好幾千年的甘薯。現在由於缺乏甘薯，死亡和生病的人急遽增加。

告訴你實話，我也爲我們的健康擔心，特別是孩子們的。但撒母耳認爲我們第一年到這裡來時已經害過病了，所以會有抵抗力。

最親愛的姊姊，你好嗎？將近三十年過去了，我們之間沒有片紙隻字。我想你也許死了。現在我們快回家了，亞當和奧莉薇問了無數有關你的問題，我能答的很少。有時我告訴他們，太茜使我想起你。因爲對他們而言，沒有人比太茜更好，他們聽了很高興。但你還有太茜那樣的樸實和坦白嗎？我在想。我們何時會再相見？或是幾年下來養育小孩和受××先生的虐待已使你被摧殘得不成樣子了？我沒把這些想法告訴孩子們，我只告訴我親愛的伴侶撒母耳，他勸我不用擔心，要信賴神，對我姊姊靈魂的堅忍要有信心。

對我們而言，現在神是不同的，經過在非洲這麼多年。很多人以爲祂應該長得像什麼東西或什麼人——一個樹葉屋頂或基督。但我們不這麼想，自從我們不再被上帝像什麼局限後，我們便得到解放了。

等我們回到美國後，我們一定要好好談談這件事。也許我們會在我們的社區建立一個新的教堂，裡面沒有任何偶像，鼓勵每個人直接尋找上帝，我們可以增強他們的信念。

這兒沒有娛樂，你是可以想像得到的。我們看從國內來的報紙和雜誌。和孩子們玩任何一種非洲遊戲，教非洲兒童演莎士比亞的戲劇，亞當很會演哈姆雷特。柯琳對孩子該怎麼教育有一些堅定的觀念，把他們所做的每件好事都記載下來，變成他們藏書的一部分。他們知道許多事，我想他們對美國社會不會感到太震驚，除了白人對黑人的仇恨外，所有國內寄來的報章雜誌上登載得很清楚。我只擔心他們非洲式的獨立思想和直言無諱，還有極端的以自我爲中心。我們也會很窮，世蘭，我們若想擁有一幢房子，也許是很多年後的事了。他們生長在這裡，如何能應付國內對他們的仇恨？當我想到他們回美國時的情形，我想他們要比在這兒顯得年輕和天真。我們在這兒要忍受的最痛苦的事是漠不關心和一種對我們個人關係的膚淺了解——包括我們和凱瑟琳以及太茜的關係。何況，歐林卡人知道我們可以走，而他們必須留下來，當然，這跟膚色無關。而且——

最親愛的世蘭，昨晚我停止寫信，因爲奧莉薇來告訴我亞當失蹤了，他一定是去找太茜了。為他的安全禱告。

你的妹妹

妮蒂

87

最親愛的妮蒂：

有時我想秀格從未愛過我。我站在鏡子前面看著光著身子的我自己，她會愛上什麼呢？我的頭髮短而綣，因爲我不再把它弄直了。因爲秀格說她喜歡這樣不必弄直。我的皮膚黑，鼻子只是鼻子，嘴只是嘴。我的身體跟任何女人的身體一樣，正因年紀而在改變。沒有特別值得人愛的地方，沒有蜜色綣曲的頭髮，不聽明伶俐，不年輕新鮮。儘管我有一顆年輕新鮮的心，像奔放的血一樣。

我常跟我自己說話，站在鏡子前面。世蘭，我說，對你而言，幸福只是一個詭計。只因你在秀格之前從未有過幸福，你以爲你現在該有一點了，而且這幸福是會持久的。你還以爲它會像樹木一樣繁榮滋長。整個地球，所有的星星都在看你。當秀格離開後，你就置身沙漠了。

每隔一陣子我會收到秀格的明信片。她和傑曼尼去紐約，去加州，去巴拿馬看瑪莉．艾格妮斯和葛狄。

××先生似乎是唯一了解我的人。

我知道你恨我，因爲我不讓你跟妮蒂聯絡，他說。但她現在死了。

但我並不恨他，妮蒂。我也不相信你死了。如果我還感覺得到你，你怎麼會死呢？也許，你跟上帝一樣，變成一種不同的東西，我得以不同的方式跟你說話，但你對我而言是活的。永遠也不會死。有時我跟自己說話說倦了，我就跟你說話。我甚至想跟我們的孩子接觸。

××先生仍不相信我有小孩。你從哪來的小孩？他問。

我繼父，我說。

你是說他知道他是一直傷害你的人？他問。

我說，是的。××先生搖搖頭。

即使他對我這麼壞，我知道你一定在想我爲何不恨他。我不恨他有兩個理由：一是他愛秀格；二是秀格以前愛他。何況他正試圖改變他自己。我不是指他努力工作，把自己打理得乾乾淨淨，或是他知道有些事是上帝的安排。我是指當你跟他說話時，他肯聽。有一次，我們在談話時，他說，世蘭，身爲一個自然人，這是我有生第一次這麼滿意。這好像是一種新的經驗。

蘇菲亞和哈波一直要我跟一些男人認識。他們知道我喜歡秀格，但他們認爲女人彼此喜歡只是一種意外，任何人都會因爲日久而生情。每次我去哈波那裡，便會有一個矮小的售貨員來找我。××先生只得來解救我，他告訴那人，這位女士是我太太。那人便溜煙不見了。

我們坐下來，喝冷飲。談著我們跟秀格生活在一起的日子。談到她生病的事。還有她唱的歪歪扭扭的歌。以及我們在哈波那兒度過的美好黃昏。

那時你縫的衣服便不錯，他說。我還記得秀格常穿的衣服很美。

是呀！我說。秀格是衣架子。

還記得蘇菲亞把瑪莉・艾格妮斯牙齒打落的那個晚上嗎？他問。

誰忘得了？我說。

我們沒提蘇菲亞的問題。我們不能笑這件事。蘇菲亞跟家中相處還是有問題。此外，伊蓮娜・珍也是她的問題。

蘇菲亞說，你不知道這女孩找了我多少麻煩。她以前每次家裡有問題便來煩我，後來是她有了好事也來找我。最後是她找到她要嫁的男人後，她跑來找我。哦！蘇菲亞，她說，你得見見史丹利・厄耳。在我還沒來得及說什麼之前，史丹利・厄耳已經到我門口了。

你好嗎？蘇菲亞，他說，一笑，伸出他的手來。伊蓮娜・珍小姐告訴我很多有關你的事。

我在想她是否告訴過他，我睡在他們家房子的下面，蘇菲亞說。但我沒問。我表現得很客氣，很愉快。杭瑞苔在後面房間把收音機開得很大聲。我得大聲喊叫才聽得見。他們站在那兒看著牆上孩子們的照片說我的兒子穿軍服有多好看。

他們在哪打仗？史丹利・厄耳問道。

他們正在喬治亞，我說，不久就要到海外去。

他問我說我知道他們會到哪去？法國、德國或太平洋？

我不知道這些地方，我說。他說他要去打仗，但他得待在家裡，經營他父親的軋棉機。軍隊要穿衣服，他說，如果他們在歐洲打仗的話。可惜他們不在非洲打仗。他大笑，伊蓮娜・珍也微笑。杭瑞苔把音量放到最大。我可是真遺憾聽不懂白人唱的是什麼。史丹利・厄耳一彈他的指頭，用他的大腳拍著地板。他有一個長長的頭，伸得直直的，頭髮剪得短短的，看來有點毛茸茸的。他的眼睛是眞正的亮藍色，從不眨眼的。天哪！我心想。

是蘇非亞把我養大的，伊蓮娜．珍說。沒有她，我們不知道該怎麼辦。

史丹利．厄耳說，這兒好像每個人都是黑人養大的。難怪我們養得這麼好。他對我眨眨眼說，蜜糖派，他對伊蓮娜．珍說，我們該走了吧。

她跳起來，好像有人用針刺她一樣。杭瑞苔現在如何？她問，然後她小聲道，我帶了一些甘薯做的東西，不過一點也吃不出來，她絕不會懷疑到。她跑回車子去，拿來一鍋沙鍋鮪魚。

蘇菲亞說，你得對伊蓮娜小姐說，她做的菜幾乎騙過杭瑞苔，所以我很高興。當然我從未告訴過杭瑞苔這些菜是從哪來的。如果我告訴她，她不是把它扔出窗外，就是把它吐出來。

但最後，蘇菲亞和伊蓮娜．珍的關係結束了。這與杭瑞苔無關，她討厭伊蓮娜．珍。而是伊蓮娜和她生的小孩，每次伊蓮娜小姐來看蘇菲亞，總是把雷諾．史丹利．厄耳塞給她。他是個白胖的小東西，沒多少毛。

小雷諾可愛嗎？伊蓮娜．珍小姐對蘇菲亞說，爸很喜歡他，她說。他喜歡有個外孫是以他的名字命名，而且長得這麼像他。

蘇菲亞沒說什麼，只是站在那兒燙蘇茜和杭瑞苔的衣服。

這麼聰明，伊蓮娜．珍說。爸說他從未看過這麼聰明的娃娃，史丹利．厄耳的媽媽說他比史丹利．厄耳小時候還聰明。蘇菲亞還是沒說話。

最後伊蓮娜．珍注意到了，你知道白人是怎麼樣的，他們絕不會罷休，如果他們非要什麼的話，他們會纏著你給他們祝福。

你不覺得他很可愛嗎？她又問。

他很胖，蘇菲亞說。把她燙的衣服翻過來。

他也很可愛，伊蓮娜．珍小姐說。

他很胖，很高。蘇菲亞說。

但他也很可愛而且聰明。她吻著他頭的側面。

他不是你看過最聰明的小孩嗎？她問蘇菲亞。

他的頭很大，蘇菲亞說。你知道有些人頭很大，但沒多少頭髮。他今年夏天一定很涼快，這是可以確定的。她把燙好的衣服褶起來，放在椅子上。

眞是一個可愛、聰明、伶俐、天眞的小男孩，伊蓮娜．珍小姐說。你不喜歡他嗎？她乾脆直接問蘇菲亞。

蘇菲亞嘆息。放下熨斗，看著伊蓮娜．珍和雷諾．史丹利。我和杭瑞苔一直在角落裡玩牌。杭瑞苔表現得像伊蓮娜小姐不存在一樣，但我們都聽到蘇菲亞放下熨斗的聲音。

不，女士，蘇菲亞說。我不喜歡雷諾．史丹利．厄耳。自他出生以後，這是你一直想要知道的事，現在你知道了。

我和杭瑞苔抬起頭來。伊蓮娜．珍很快把雷諾．史丹利放在地板上，他到處爬，朝蘇菲亞燙好的那堆衣服爬過去，拉下一件來罩在頭上。蘇菲亞拿起衣服，把衣服弄平，站在燙衣板旁邊，手放在熨斗上。蘇菲亞給人的印象是不管什麼東西在她手中都像一個武器。

伊蓮娜．珍開始哭了。她對蘇菲亞有種特殊的感覺。如果不是她，蘇菲亞早死在她父親家。但又怎麼樣呢？蘇菲亞從未要待過那裡。也從未想離開她自己的小孩。

現在哭太遲了，伊蓮娜．珍小姐，蘇菲亞說。我們只能笑，看看他，她說。她大笑起來。他還不會走，已經把我家弄得一團糟了。我請他來過嗎？我在乎他可愛嗎？他長大後跟我又有什麼關係？

你不喜歡他，只因爲他長得像爸爸，伊蓮娜．珍小姐說。

你不喜歡他因爲他長得像爸爸，蘇菲亞說。我對他完全沒感覺，我不喜歡他，我也不恨他。我只希望他不要亂跑，把我們家的東西弄亂。

蘇菲亞，他不過是個娃娃，還不到一歲。只來過這兒五、六次。伊蓮娜．珍小姐說。

我覺得他在這兒待了很久似的，蘇菲亞說。

我不懂，伊蓮娜．珍小姐說。所有我認識的其他的黑人女人都愛孩子。你的感覺有點不自然。

我愛孩子，蘇菲亞說。但所有黑人女人說他們喜歡你的小孩是說謊。她們不會比我更喜歡雷諾．史丹利，但你這麼急的要她們說好話，你想她們會說什麼？有些黑人怕白人，甚至說他們喜歡軋棉機。

但他只是一個小娃娃！伊蓮娜．珍小姐說，以爲這麼說可以澄清一切似的。

你要我做什麼？蘇菲亞說。我覺得欠你一些情，因爲在你們家，只有你對我表示一些人類的仁慈。同樣的，我也只對你表現一些。我用不著給你的親人。我也沒什麼東西給他。

雷諾·史丹利現在爬到杭瑞苔的草蓆上，想要咬她的腳。最後，他開始咬她的腿，杭瑞苔伸手到窗臺上，遞給他一塊餅乾。

我覺得你是唯一愛我的人，伊蓮娜·珍小姐說。媽媽只愛哥哥，她說。因爲爸爸愛他。

你現在有丈夫愛你了，蘇菲亞說。

他什麼都不愛，除了軋棉機之外，她說。晚上十點還在工作。他不工作便和別人打撲克牌。我哥哥看到他的時間比我還多。

也許你該離開他，蘇菲亞說。你有親戚在亞特蘭大，你去投奔他們，找工作做。

伊蓮娜·珍小姐一甩她的長髮，好像沒聽見這話，好像這是匪夷所思的事。

我有我自己的麻煩，蘇菲亞說，當雷諾·史丹利長大後，他會是他們中的一個。

他不會的，伊蓮娜·珍說。我是他媽媽，我不會讓他對黑人壞的。

你？蘇菲亞說，他不會聽你的話。

你是說，我甚至不能愛我的兒子？

不是，蘇菲亞說。我不是這個意思。我是告訴你我不會愛你的兒子，你要怎麼愛他便去愛他，但你得承受痛苦的後果。黑人就是這麼過的。

小雷諾·史丹利現在爬到杭瑞苔的臉上，吮著她的臉，弄得她一臉口水，想要吻她。我以爲她隨時會把他推倒，但她只是靜靜地躺在那裡。每過一陣子，他都要去弄她的眼睛，結果又一屁股坐在她胸前笑著。他拿起她的一張牌，要她咬。

蘇菲亞走過來把他抱起來。

他沒煩到我，杭瑞苔說，他只是呵我癢。

他煩到我，蘇菲亞說。

伊蓮娜・珍接過小娃來說，這兒不歡迎我們。她說這話時很悲哀。

多謝你對我們做的事，蘇菲亞說。她自己也不好過，眼中有一點水。等伊蓮娜・珍和雷諾・史丹利走了後，她說，像這種時間使我知道這世界並不是我們造的。所有的黑人在說要愛每個人時，他們並未深思他們說的話。

還有什麼新的東西？

大多數時候我覺得很窩囊。我有個很好的妹妹叫妮蒂，我有個很好的女朋友叫秀格。我還有很好的孩子生長在非洲，唱歌和寫詩。最初兩個月很痛苦，我告訴這世界。但現在秀格約定的六個月期限已經過去了，她沒回來。我告訴我自己的心說不要去要一些要不到的東西。

何況，她給了我這麼多快樂的日子。她在她自己的新生活中學到新的東西。現在她和傑曼尼以及她的一個孩子住在一起。

親愛的世蘭，她寫信道，我和傑曼尼在亞里桑那的塔斯康住下來了，這地方是我的一個小孩住的地方。其他兩個還活著，但他們不要見我。有人告訴他們我過著邪惡的生活。這個說他不管怎樣，他要看看他媽媽。他住在一幢小泥房子中，那兒的人好像都住這種房子。我住在這兒好像住家裡一樣。他是個老師，在印地安保留區工作。他們叫他黑色的白人。他們的語言中還有這種意義的字，這使他很困擾。即使他把他的感覺告訴他們，他們似乎也不管。他們認爲不是印地安人便沒有用，我不願見他被傷害到，但這就是生活。

去看我的孩子是傑曼尼先提出來的。他發現我很喜歡打扮他，替他梳頭，他提出這事並非出於惡意。他只說如果我知道我孩子們的情況，也許會好過些。

跟我們一起的這個兒子名叫詹姆士。他太太叫柯樂梅。他們有兩個小孩，大衛和甘崔爾。他說我媽和老爹在很多事上很可笑，但他還是很愛他們。

是呀！兒子，我告訴他，他們很愛孩子，但我在愛之外，還需要一些了解。而他們就缺這麼一點。

他們現在都死了，他說。死了有九或十年了。盡了他們最大的能力來讓我們受教育。

你知道我從不想我媽和爸。你知道我一向認爲自己很堅強。但現在他們死了，我看到我的孩子們長得這麼好，我便想到他們了。下次等我回去，也許我會給他們的墳上獻點花。

哦！她現在幾乎每週寫一封信給我。很長的信！寫滿了她以爲她忘記的東西，還有沙漠、印地安和洛磯山脈。我希望能跟她一起去旅行。有時我覺得很氣她。氣到可以把她的頭髮從頭上扯下來的地步。但我又想到，秀格有權過她的生活。她有權找她喜歡的人去看看這世界。我愛她便不應該剝奪她的任何權利。

唯一令我困擾的事是她從不說她要回來。我很想念她，想念她的友誼，如果她要帶傑曼尼一塊回來，我也很歡迎。我是誰？有什麼資格告訴她該愛誰？我的工作就是好好愛她，對自己眞實。

××先生前天問我，我爲何那麼喜歡秀格。他說他喜歡她的風格。他說告訴你實話，秀格的作風要比許多男人都來得有男性氣概。他說，我是指她正直、誠實。有話便說、大膽。你知道秀格會反擊的，他說，跟蘇菲亞一樣。她天生便是那種過她自己的生活，做她自己的人。

××先生認爲這些都是男人作風。但哈波不以爲然。我告訴他，對我而言，秀格最像女人，特別是她跟蘇菲亞很像。

蘇菲亞和秀格不像男人，他們也不像女人，他說。

你是說他們不像你或我。

她們有她們自己獨特的作風，他說。這就不同了。

我最喜歡秀格的就是她的所作所爲，我說。當你看秀格的眼睛時，你知道她到過哪裡，看過什麼，做過什麼，而她自己也知道。

那是眞話，××先生說。

如果你不識相，她會告訴你。

同意，他說。然後他又說了一些令我訝異的話，因爲是那麼有思想和見識。他說，我愛過，也被愛過。我感謝上帝讓我了解到愛不是因爲一些人的呻吟和哀悼而能停止的。你喜歡秀格我一點也不奇怪，我一生都愛她。

那你的打擊，他說。只有經驗。你知道，每個人遲早都會經驗到一些事。他們所能做的便是活下去。我開始意識到是在我告訴秀格說我打你是因爲你是你而不是她的時候。

我告訴過她了，我說。

我知道，他說，我不怪你。如果一個騾子可以告訴別人牠所受到的待遇，牠也會說的。但你知道有些女人會很高興聽見她們的男人說他打他太太，只因爲她不像她們。秀格以前很高興我這麼對待安妮・朱里。我們兩人毀了我前妻的生活。但她從未告訴過別人。她也沒人可以說。她的家人把她嫁給我後，好像把她扔到井裡去一樣。我不要她，我要秀格。但我爸爸作主，他給我他要給我的太太。

但秀格卻爲你撐腰，世蘭，他說。她說，亞伯特，你不該這樣對待我愛的人。所以我要走了。我簡直不相信，他說。我們那一會兒打得火熱。對不起，他說。但我們確是這樣，我想用笑來打消她的念頭。但她卻是說眞的。

我想揶揄她。你不愛那個老笨的世蘭，我說。她醜，又瘦，連替你拿根蠟燭的力氣也沒有。她甚至不能幹活。我爲何要那樣說，是因爲她告訴我一些話，秀格對我說，她根本不想跟你幹活。你上去下來，像個長耳兔子一樣。她還說，世蘭說你不乾淨，她得把鼻子轉過去。

我想殺了你，××先生說，我打了你幾次耳光。我不懂你和秀格是怎麼好起來的，令我困擾不已。她以前對你不好，這是我知道的。但等我發現你們兩個老是替對方梳頭髮時，我開始擔心起來。

她對你還是有感覺，我說。

不錯，他說。但她覺得我像她兄弟。

這有什麼不好？我問，她的兄弟們不愛她嗎？

他們是小丑，他說。跟我以前一樣笨。

我說，如果我們要過得更好點，我們得重新開始，我們手上只有我們自己。

她離開你時我很替你難過，世蘭。我記得她離開我時，我有多難過。

然後這個老魔鬼把他的手臂繞在我肩上，跟我靜靜地站在前廊上。過了一會，我把我僵硬的頸子放在他的肩膀上。我心想，兩個老傻瓜，都是歷經過滄桑的人，現在在星辰之下，成了對方的伴侶。

他以前問過我的小孩。

我告訴他你說他們都穿長袍之類衣服。那天他來時，我正在縫衣服，他問我的褲子有何特別之處。

任何人都能穿，我說。

男人和女人穿的衣服應該是不一樣的。男人應該穿褲子。

於是我說，這話你應該告訴在非洲的男人。

什麼話？他問。這是他第一次想到非洲人。

非洲人只穿他們認爲在炎熱的氣候中最舒服的衣服。當然，傳教士有他們自己的穿著。不過非洲人穿得很少，照妮蒂說的，男人和女人都穿一樣的。

你說過是袍子，他說。

袍子，總之，不是褲子。

那我要做狗了，他說。

非洲男人也縫衣服，我說。

他們縫衣服？他問。

是呀！我說，那兒的男人並不落後。

我在成長時，他說。我常跟我媽一起縫東西，因爲她總是在縫東西。但每個人都笑我。不過我喜歡縫東西。

現在沒人會笑你了，我說，喏，幫我縫這些口袋。

我不知道怎麼做，他說。

我教你，我說。我教他。

現在我們在這兒縫衣服，談話，抽著我們的煙斗。

你知道嗎？我對他說，非洲人認爲白人是黑人的小孩。

這很有趣，他說，但他還是在專心縫他的下一針。

亞當去了沒多久，他們便給他另外取一個名字。他們說在妮蒂他們來之前白人傳教士從白人的立場告訴過他們有關亞當的事。他們知道誰是亞當，這是從他們自己的觀點來看。那是很久以前的事。

那是誰呢？××先生問。

白種人不是第一個人。沒人會瘋狂到認爲他們能說出第一個人是誰來。但每個人都注意到第一個白人，因爲他是白的。

××先生皺眉，看著不同顏色的線。他舐舐手指，把線穿進去，打個結。

他們說在亞當以前的人都是黑的。一天，他們要殺一個女人，因爲那女人生了一個沒顏色的小孩。他們最初以爲這跟她吃的東西有關。但是又有一個女人生了一個，也有女人生雙胞胎。於是人們把白色的嬰兒和雙胞胎都處死。所以亞當並不是第一個白人。他只是第一個沒被殺的白人。

××先生深思地看著我。你知道，他長得不壞，如果就他的長相而論。但他現在臉上有了很多的感覺。

我說，你知道黑人也有所謂的白公病。但你從未聽說白人有黑公病的，除了有白人血統摻雜在內之外。在這些事情發生時，非洲是沒有白人的。

於是這些歐林卡人從白人傳教士那兒聽到亞當和夏娃的故事，他們聽到蛇如何引誘夏娃，上帝如何把他們趕出伊甸園。他們對這些故事很好奇。因爲自他們把白種的歐林卡小孩趕出去後，他們很少想到這件事。妮蒂說非洲人是不看也不想的。還有一件事，他們不喜歡他們周圍有任何東西或行爲是跟他們不一樣的。他們要人人一樣。所以你知道若有人是白的，是活不久的。她說在她看來，歐林卡人把白色的歐林卡人趕走是因爲他們的長相。他們把我們也趕走，讓我們淪爲奴隸，原因是我們的行爲，似乎是不論我們怎麼做都不對。你知道黑鬼是怎樣的人？甚至到今天，沒人能告訴他們做什麼，無法規範他們。你在每個黑鬼腦中可以找到一個王國。

你知道嗎？我對××先生說，當白人傳教士說到亞當和夏娃是不穿衣服的時候，歐林卡人都快笑出來了。特別是傳教士因爲這點而要他們穿衣服時。他們想跟傳教士們解釋的是他們把亞當和夏娃趕出林子就是因爲他們光著身子。在他們的語言中，白就是光身子。由於他們有顏色，所以他們不是光身子的。他們說任何人只要看到白人，就可以看出他們是光身子的，但黑人不可能是光身子的，因爲他們不可能是白色的。

是呀，××先生說，但他們錯了。

沒錯，我說。亞當和夏娃可以證明一切。這些歐林卡人把他們的小孩趕出去，就因爲他們有點不一樣。

我相信他們現在還是一樣，××先生說。

哦！從妮蒂說的話看來，這些非洲人是一團亂糟。你知道聖經上說什麼嗎？果子不會落在離樹太遠的地方。還有，我說，你猜他們說蛇是誰嗎？

我們，無疑的，××先生說。

對啦，我說，這是白人給他們父母的象徵。他們很生氣被趕出去，被說成是光身子的，他們決定只要找到我們，一定要把我們砸死，就像他們對付蛇一樣。

你這麼認爲嗎？××先生問。

這是歐林卡人說的，但他們這麼說好像他們知道在白小孩來之前的歷史，他們知道他們的前途。他們說他們知道這些特別的小孩，他們會彼此殘殺，他們仍然很氣沒人要他們。他們會殺許多其他有顏色的人。事實上，他們殺了太多有色人種，結果每個人都會恨他們，一如他們今天恨我們一樣。然後他們會變成新的蛇。一個白人不論在任何地方被發現，他會被不是白人的人打死，一如他們今天對待我們一樣。有些歐林卡人相信生活會一直這樣繼續下去。每一百萬年，這地球上會發生一些事，人們會改變他們的樣子。人們也許會長出兩個頭來，一個頭的人會把兩個頭的趕走。但有些人不認爲會這樣，他們認為，當白人不再存在這個地球上後，唯一阻止把別人當成蛇的辦法是每個人都接受別人，視大家都是上帝的兒子或是一個母親的小孩。不論他們看來像什麼或他們怎麼表現。你猜他們怎麼對付蛇？

怎麼對付？他問。

這些歐林卡人崇拜牠。他們說誰知道蛇是什麼，也許牠是他們的親戚，但可以確定一點是，牠是他們看過最聰明的、最乾淨的、最狡猾的東西。

這些人一定花過不少時間坐下來想，××先生說。

妮蒂說他們很會想，我說。但他們要想的太多，要想上好幾千年的事，所以他們很難想通一件。

他們叫亞當什麼？

音發起來有點像歐馬坦古，我說。這字的意思是說一個沒光身子，接近上帝創造的第一個知道他自己是什麼的人。在這第一個人之前還有許多人，但他們都不知道他們是怎麼來的。你知道過了多久，才有人注意任何事，我說。

就像我這麼久才注意到你是多麼好的伴侶，然後他大笑。

他不是秀格，但他開始成了一個我可以跟他談話的人。

不管有多少電報來說你們一定淹死了，但我還是從你那兒接到信。

你的姊姊

世蘭

88

親愛的世蘭：

經過了兩個半月後。亞當和太茜回來了！亞當追上太茜和她母親，還有其他幾個我們那裡的人，他們快接近那個白人女傳教士住過的村子，但太茜不肯回來，凱瑟琳也不肯，於是亞當陪他們到森林游擊隊的所在地。

哦！他說，那地方眞奇怪！

你知道，世蘭，在非洲有一大塊窪地，他們叫大裂口山谷，在我們住的大陸的另一邊。據亞當說，在我們這邊，也有一個小的裂口，約有幾千畝大，比大裂口還要低陷，大裂口有幾百萬畝。由於它太低陷了，亞當認爲，只有從空中才能看到，從空中看起來會像一條大峽谷。在這個大峽谷中，有成千上百從非洲各部落來的人，甚至有一個有色人種說他是從阿拉伯來的。亞當發誓說是眞的！那兒有農莊，有學校、醫院、一座廟、很多男女戰士，不時去從事破壞白人栽培田的工作。

不過傳聞勝過實際情況，我是從亞當和太茜的話來判斷的，他們兩人的思想完全是南轅北轍。

我希望你能看到他們的樣子，當他們步履蹣跚地回到村子後。髒得像豬，頭髮亂得像野草，磕睡兮兮，筋疲力盡，全身臭味，但還在吵。

你別以為我跟你回來，我就要跟你結婚，太茜說。

當然是，亞當說，不過打了一個呵欠。你答應你媽的。我答應你媽的。

在美國沒人會喜歡我，太茜說。

我會喜歡你，亞當說。

奧莉薇跑過去，挽住太茜。又跑去準備食物和洗澡水。

昨晚，等太茜和亞當睡飽後，我們開了一次家庭會議。我們告訴孩子們，因為我們這兒的人都跑了，栽培業主開始從北方招募回教徒來，所以我們要走了，回家只不過是幾週的事。

亞當宣佈他要娶太茜。

太茜宣佈她拒絕嫁給亞當。

她陳述她誠實而具有遠見的理由，何況她臉上的刺青會被美國人認為是野人而排斥她及她跟亞當生的小孩。她從我們從國內收到的雜誌上看見，她很清楚知道黑人並不喜歡像她這樣黑皮膚的女人。他們漂白他們的臉，她說，他們燙他們的頭髮。好讓他們看來像光身子的。

還有，她繼續說，我怕亞當會被那些像光身子的女人給吸引而拋棄我。那時我會成了沒有國家、沒有同胞、沒有母親、沒有丈夫和兄弟的人。

你有一個姊姊，奧莉薇說。

然後亞當說話了，他要太茜原諒他對刺青的愚蠢反應，原諒他對女性成年禮的憎恨。他向太茜保證他愛她，在美國，她會有國家、同胞、父母、姊妹、丈夫、兄弟和愛人，這完出於他自己的選擇。

哦！世蘭。

於是，第二天，我們的兒子兩頰上刺了跟太茜一樣的疤。

他們很快樂，很快樂，太茜和亞當·歐瑪坦古。

撒母耳爲他們主持婚禮，留在村子裡的人都祝福他們。奧莉薇當新娘的伴娘，亞當的一個朋友因太老而無法加入叢林游擊隊做他的伴郎。他們一結完婚，我們便離開村子了，我們搭乘貨車到海邊的港口。

再過幾週，我們就要到家了。

愛你的妹妹

妮蒂

89

親愛的妮蒂：

××先生最近常跟秀格打電話。他說當他一告訴她我妹妹一家人失蹤了，她和傑曼尼就找上國務院打聽是怎麼回事。他說秀格說，知道我一個人在這兒受苦便很難過。但國務院沒消息，國防部也沒有，這是一場大戰。太多事情發生，一條船失蹤根本不算什麼，何況黑人不受重視。

他們只是說不知道，也不會去調查，我知道你要回來了。你們也許等我九十歲了都到不了，但有朝一日，我眞希望能看到你的臉。

同時，我雇蘇菲亞來做我們店裡的店員。繼續雇阿爾洪索雇的白人經營，但讓蘇菲亞來接待黑人顧客，以前店裡沒人接待他們，也沒人對他們客氣。蘇菲亞很會賣東西，不管顧客買不買，她都表現出無所謂的樣子。如果你決定買，她也許會跟你聊上幾句。此外，她把那個白人給嚇壞了。每次當他叫黑人女人大嬸或什麼的，她就問他他媽的姊妹嫁給那個黑人。

我問哈波在不在乎蘇菲亞工作。

我在乎什麼？他說。這似乎使她快樂。我可以照料家裡所有的事。總之，他說，蘇菲亞還能幫上我一點忙，當杭瑞苔需要什麼特別的東西吃或生病時。

是呀！蘇菲亞說。伊蓮娜‧珍會來看杭瑞苔，每隔一天會煮一些她肯吃的東西來。你知道白人的廚房都有一些機器。她攪碎甘薯的方法是你難以相信的。她上週做了甘薯冰淇淋。

怎麼一回事！我問。我以爲你們兩個完蛋了。

哦！蘇菲亞說。她最後明白了，去問她媽媽我爲何來替他們做事。

我不期望會長久，哈波說。你知道他們是怎樣的人。

她的人知道嗎？我問。

他們知道，蘇菲亞說。他們表現得就像你知道他們會表現的樣子，白女人替黑鬼做事便令他們生氣。

她帶雷諾‧史丹利來嗎？我問。

杭瑞苔說她沒提他。

哈波說，如果她的親人反對她幫你，我倒很高興，她會停止的。

讓她停止好了，蘇菲亞說。她不是爲我的救贖而做的，如果她沒學會她自己得下判斷的話，她也用不著活了。

總之，我會支持你，哈波說。我喜歡你做的每個判斷。他走上來吻她。

蘇菲亞一甩頭。每個人都在生活中學到一些事，她說。他們大笑起來。

說到學習，××先生有一天說，那時我們正坐在前廊縫衣服。我開始學到這些事之前，我常坐在前廊中，看著欄干外面。

沮喪極了。那正是我。我不明白爲什我們總把生活搞得讓我們大多數時候都不開心。我一生中最想要的就是秀格．艾芙瑞，他說。一度她生活中最想要的是我，我們卻不能擁有對方，他說。我得到安妮．朱里，然後是你，所有這些調皮的小孩。她得到葛狄，她很清楚他是什麼樣的人。不過，她看來要比我過得好。不少人喜歡秀格！除了秀格外，沒人喜歡我。

很難不喜歡秀格，我說。她知道如何回報別人的愛。

在你走之後，我想與孩子們修好。但爲時已晚。巴勃跟我住了兩週，把所有的錢都偷走，醉倒在前廊上。我的女兒們不是投入男人懷中，就是投入宗教，根本無法跟她們談。每次她們一開口，就是一些要求。令我心難過。

我說，如果你知道你的心難過，那表示你的心不像你想的那麼敗壞。

總之，他說，你知道是什麼情形。你問你自己一個問題，結果引出十五個來。我開始奇怪我們爲何需要愛。我們爲何要受苦。我們爲何是黑的。我們爲何是男人或女人。孩子們眞正是從哪來的。沒多久，我便發現自己一無所知。如果你問你自己爲何你是黑的或是一個男人，或是一個女人，如果你不問你爲何在這兒，這些都是沒意義的。

那麼你認爲是什麼呢？我問。

我認爲我們在這兒是一種奇蹟。去想，去問。在你想大事、問大事時，你會了解到小的，幾乎是意外知道的。如果你不從大處著手，你什麼也不會知道。他說，我愈思考，我愈能愛人。

我敢打賭，人們也開始愛你，我說。

確實，他說，令人訝異。哈波似乎愛我，蘇菲亞和孩子們也愛我。我想即使那個小惡魔杭瑞苔也愛我一點，因爲她知道她對我而言是一大神秘，就如月亮對人而言。

××先生正忙著裁剪襯衫的紙型，好配我做出來的褲子。

得有口袋，他說。說有鬆鬆的袖子。穿它絕不用繫領帶。人們戴領帶好像在受刑一樣。

然後，就在我可以沒有秀格而活得滿足時；就在××先生要我再嫁他，保證這次肉體和精神會一樣好時；就在我說不，因爲我還是不喜歡青蛙，讓我們做朋友好了的時候，秀格寫信給我說她要回來了。

現在。這是否就是人生？

我很平靜。

如果她回來，我很開心；如果她不回來，我很滿足。

我想我該學這一課。

她從車中下來，穿得像個電影明星，哦！世蘭，我想你勝過想我媽，她說。

我們擁抱。

進來吧，我說。

哦！這房子看來眞好，她說，當我們到她房間時。你知道我愛粉紅色。

也給你弄些大象和烏龜，我說。

你的房間在哪？她問。

樓下，我說。

我們去看看，她說。

就是這裡，我說，站在門口，我的房裡一切的東西都是紫色和紅色，除了地板漆的是淺黃色外。她一直走到壁爐前，拿起放在架上的紫色青蛙。

這是什麼？她問。

是亞伯特雕給我的小東西，我說。

她好笑地看了我約一分鐘，我也看她，然後我們大笑。

傑曼尼呢？我問。

上大學去了，她說。威伯佛斯學院。不能讓所有的天才都浪費掉。不過我們完了，她說。他現在覺得我們像家人。他像兒子。也許像孫子。你和亞伯特怎麼樣？她問。

沒什麼，我說。

她說，我了解亞伯特，我打賭他一定做了什麼，因爲你氣色很好。

我們縫衣服，我說。閒聊。

聊什麼？她問。

我心想：你要知道什麼。秀格嫉妒了。我可以編一個故事來讓她難過。但我沒有。

我們談你，我說。談我們有多愛你。

她微笑，把頭貼在我胸前。舒了一口長長的氣。

你的姊姊

世蘭

90

親愛的上帝。親愛的星，親愛的樹，親愛的天空，親愛的人。親愛的一切。親愛的上帝：

多謝你把妮蒂和我們的孩子帶回來。

不知是誰來了，亞伯特問，看著路上，我們只看到塵土飛揚。

我和他和秀格吃過晚飯後坐在前廊。談話、搖著搖椅，扇著蒼蠅。秀格說她再也不公開演唱了，也許在哈波那兒唱上一、兩個晚上。也許她要退休了。亞伯特說他要她試試他新做的襯衫。我談到杭瑞苔、蘇菲亞、我的花園和店，事情是怎麼處理的。我已經習慣縫東西了，所以把一些碎布縫在一起看看能縫出什麼東西來。六月底的天氣是涼快的，跟亞伯特和秀格坐在前廊很愉快，下週是七月四日。我們計畫舉行一個全家大團圓的戶外聚餐，在我家舉行。希望這種涼快的天氣能持續到那時候。

也許是郵差，我說。只是這人開車快了點。

也許是蘇菲亞，秀格說。你知道她開起車來像瘋子。

也許是哈波，亞伯特說。但不是。

等車子停在院子樹底下，所有從車子下來的人，穿的都是老式的衣服。

一個身材高大白髮的男人，穿著白色的衣領。一個矮胖的女人，灰色的頭髮結成辮子盤在頭上。

一個高大的年輕人，兩個健壯的年輕女人。白頭髮的男人對司機說了幾句話，車子便開走了。他們站在走道上，四周全是箱子，袋子和一大堆東西。

現在我的心已跳到口中了，我動不了了。

是妮蒂，亞伯特說，站了起來。

所有站在走道上的人都看著我們。他們看著房子。院子。秀格和亞伯特的車。他們環顧田地。然後他們慢慢走過來。

我怕得半死，不知道該怎麼辦，好像我的腦子僵住了。我想說話，什麼也說不出。想站起來，差一點跌倒，秀格過來扶我一把，亞伯特挽著我。

當妮蒂的腳走上前廊時，我幾乎死過去，我站著搖搖晃晃的，在亞伯和秀格之間。妮蒂站在撒母耳和我猜一定是亞當之間搖晃，然後我們兩人都哭出來。我們步履蹣跚地走向對方，像兩個小娃一樣。當我們接觸到對方時，只覺得虛弱到把對方碰倒在地上。但我們在乎什麼，我們就坐在前廊上擁抱著。

過了一會，她說世蘭。

我說妮蒂。

好一會時間過去了。我們環顧四周，抬頭看到好多人的膝蓋。妮蒂一直摟著我的腰，這是我丈夫撒母耳，她說，向上指著。這是我們的小孩奧莉薇和亞當，這是亞當的太太茜，她說。

我指指我這邊的人。這是秀格和亞伯特，我說。

大家寒暄，然後秀格和亞伯特跟每個人擁抱。

爲何我們總在七月四日大團圓呢？杭瑞苔說，嘟著嘴，滿是怨言。這麼熱。

白人忙著慶祝他們脫離英國獨立，哈波說。所以大多數黑人不用工作，因此我們可以利用這天來彼此慶祝。

啊！哈波，瑪莉．艾格妮斯說。啜著檸檬汁。我不知道你還懂歷史呢。她和蘇菲亞一起做洋芋沙拉，她來接蘇茜。她已經離開葛狄，搬到曼斐斯去，跟她妹妹和她媽住。她工作時，她們照顧蘇茜。她有許多新歌，唱它們不會太令人震驚。

她說，跟葛狄一陣子，我無法思考了。而且，他對小孩沒有好影響。當然，我也沒有好影響，她說。吸這麼多大麻。

大家都很愛護太茜，看她和亞當臉上的疤像是他們的事業，說他們沒料到非洲的女士會這麼好看，他們是很好的一對。說話有點好笑，但我們習慣了。

你們在非洲的人最喜歡吃什麼？我們問。

她有點臉紅的說烤肉。

大家都大笑起來，再塞給她一塊。

我對孩子們有種奇怪的感覺，他們是大人了。我想他們認爲我、妮蒂、秀格、亞伯特、撒母耳、哈波、蘇菲亞、傑克和歐迪莎都老了，而且不知道世事，但我不認爲我們老，我們好快樂。事實上，這是我們覺得最年輕的時候。

阿門

國家圖書館出版品預行編目資料

紫色姊妹花／愛麗絲・華克（Alice Walker）作，
施寄青譯. -- 二版. -- 臺北市：大地，2003
〔民92〕
面； 公分-- （大地譯叢；8）
譯自：The color purple
ISBN 957-8290-82-9（平裝）

874.57 92006454

紫色姊妹花

大地譯叢08

作　　者：愛麗絲・華克（Alice Walker）
譯　　者：施寄青
創 辦 人：姚宜瑛
主　　編：陳玟玟
美術編輯：普林特斯
出 版 者：大地出版社
台北市內湖區內湖路二段103巷104號
劃撥帳號：〇〇一九二五二一九
戶　　名：大地出版社
電　　話：（〇二）二六二七七七四九
傳　　真：（〇二）二六二七〇八九五
印 刷 者：久裕印刷股份有限公司
二版一刷：二〇〇三年五月

定　　價：二五〇元

E-mail：vastplai@ms45.hinet.net　　Printed in Taiwan

大地 大地 大地 大地 大地 大地 大地 大地 大地

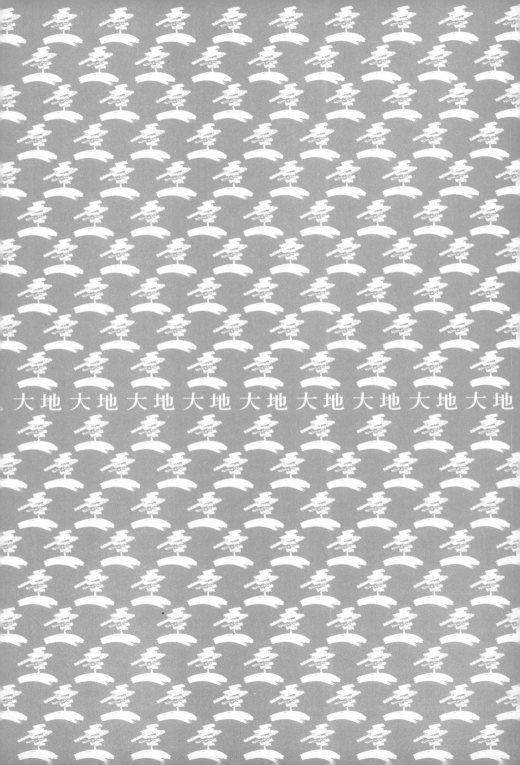

大地大地大地大地大地大地大地大地大地大

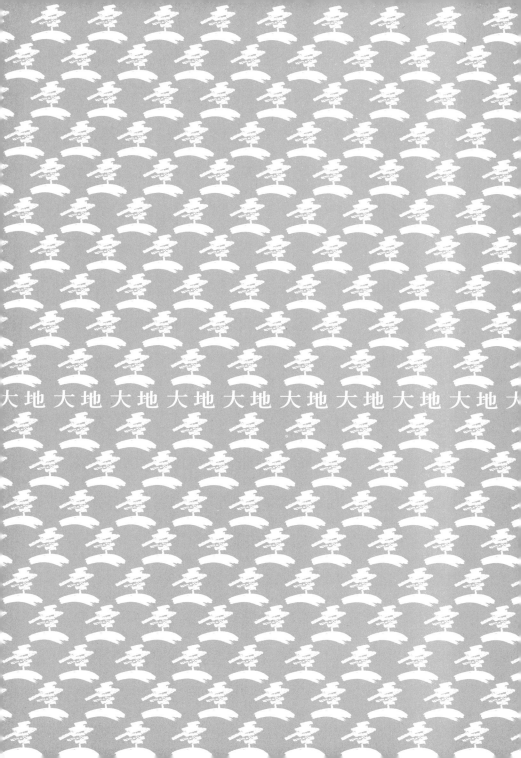